〖中华诗词存稿·名家专辑〗

中华诗词学会 编

怀 抱 诗 灯

刘庆霖 著

中国书籍出版社
China Book Press

图书在版编目（CIP）数据

怀抱诗灯 / 刘庆霖著 . -- 北京：中国书籍出版社，
2019.9
（中华诗词存稿）
ISBN 978-7-5068-7427-4

Ⅰ . ①怀… Ⅱ . ①刘… Ⅲ . ①诗词—作品集—中国—
当代 Ⅳ . ① I227

中国版本图书馆 CIP 数据核字 (2019) 第 199859 号

怀抱诗灯

刘庆霖　著

责任编辑	李国永
责任印制	孙马飞　马　芝
封面设计	采薇阁
出版发行	中国书籍出版社
地　　址	北京市丰台区三路居路 97 号（邮编：100073）
电　　话	(010) 52257143（总编室）　(010) 52257140（发行部）
电子邮箱	eo@chinabp.com.cn
经　　销	全国新华书店
印　　刷	北京虎彩文化传播有限公司
开　　本	710 毫米 × 1000 毫米 1/16
字　　数	200 千字
印　　张	11
版　　次	2019 年 9 月第 1 版　2019 年 9 月第 1 次印刷
书　　号	ISBN 978-7-5068-7427-4
定　　价	198.00 元

《中华诗词存稿》
编委会名单

作者简介

　　刘庆霖，黑龙江省密山市人，1959 年出生，1978 年 12 月入伍，毕业于解放军西安政治学院，曾任吉林省农安县、吉林市龙潭区人武部政委，上校军衔。2006 年退役，先后担任吉林省《长白山诗词》专职副主编、国务院参事室中华诗词研究院《中国诗词年鉴》副主编；现为中华诗词学会副会长兼秘书长、《中华诗词》副主编。著有《刘庆霖诗词》、《掌上春光》（刘庆霖诗词第二集）、《古韵新风——刘庆霖卷》、《刘庆霖作品选》（诗词卷、理论卷）。2002 年提出并践行"旧体新诗"理论，主张"用旧体诗的形式创作新诗，用新的理念经营旧体诗"。认为"诗是生命的一部分"，"诗是焚烧思想留下的舍利"。

总　　序

　　我们这个诗歌大国有一个很好的传统，历来注重"采诗"、搜集整理诗歌材料。作为唯一的全国性诗词组织的中华诗词学会，自 1987 年 5 月成立以来，就十分重视这项工作。学会每年的学术研讨会和历届"华夏诗词奖"，都出版论文集和获奖作品集。纪念学会成立二十年、三十年时，还专门编辑出版了《大事记》《论文选集》《诗词选集》。《中华诗词》创刊以来，每年都制作年度合订本。2007 年 5 月，在北京天识东方文化艺术传播有限公司的资助下，以近代以来诗词创作、诗词理论、诗词运动重要文献汇编，当代名家个人作品专集等为主要内容，出版了《中华诗词文库》。经过十来年的编辑整理，已经出了近百卷。这些诗集、文集的出版，记录了近百年来尤其是改革开放四十多年来，中华诗词从起步、复苏走向复兴的砥砺前行的历程，为近、当代诗歌史的撰写准备了丰富的资料。

　　党的十八大以来，中华民族优秀传统文化重新受到应有的重视。习近平总书记《念奴娇·追思焦裕禄》词和《军民情》七律的相继发表，引领中华大地诗潮滚滚而来。《中共中央关于繁荣发展社会主义文艺的意见》和中办、国办《关于实施中华优秀传统文化传承发展工程的意见》，都明确提出"加强对中华诗词、音乐舞蹈、书法绘画、曲艺杂技和历史文化纪录片、动画片、出版物等的扶持。"国家教育部组织制定由中华诗词学会起草的新中国语言体系中的新韵书《中华通韵》已经通过国家语言文字工作委员会语言文字规范标准审定委员会审定，即将颁布全国试行。这些都使我们真切地感受到，中华诗词的春天真的到来了。诗人们乘着骀荡春风，正以高昂的激情，书写着中华民族伟大复兴的新时代、新史诗，国家富强、民族振兴、人民幸福的中国梦；正以与人民同呼吸、共命运的诗人之心，对人民的欢乐、人民的忧患、人民的情怀给以诗意的表达；正以"美"或"刺"的诗人之笔，对市场经济大潮中人民对幸福生活的期待，对美好未来的希望，对假丑恶的深恶痛绝，或给以方向，或给以赞美，或给以鞭挞。正如习近平总书记所指出的："好的文艺作品就应该像蓝天上的阳光、春季里的清风一样，能够启迪思想、温润心灵、陶冶人生，能够扫除颓废萎靡之风。"

当前，传统诗词创作者和诗词爱好者队伍发展迅速，已超过三百万。每天创作的诗词作品超过唐诗、宋词、元曲的总和。诗词评论研究队伍也成长很快，诗词评论、诗词学、诗词创作理论研究成果丰硕。如何从浩如烟海的诗词作品中"淘"出优秀作品，并使之存下来、传下去，如何使诗词研究理论成果"面世"并发挥应有的指导作用，确实是摆在我们面前的无可回避的一个重要课题。中华诗词学会是一个没有国家编制，没有国家拨款的社会团体，事业的运转主要靠社会赞助和会员费支撑。俊识（北京）文化传媒有限公司总经理吕梁松、北京采薇阁总经理王强，两位一直是对中华传统文化情有独钟的热心人，慷慨解囊，愿意同中华诗词学会一起，搜集整理编辑推出《中华诗词存稿》这套书，共同为中华诗词文化的继承和发展，做成这件十分有意义的事情。

　　《中华诗词存稿》主要搜集整理出版三部分内容的资料：一是当代诗词名家的个人作品集；二是当代诗词评论家、诗词学者的学术著作集；三是当代诗词作品、诗词理论学术成果阶段性、专题性、地域性的集成类作品集。诗词作品强调精品意识，沙里淘金，把"有筋骨、有道德、有温度"的优秀诗词作品搜集起来。诗词评论、研究类资料强调理论性和创新性，应具有鲜明的个性特点，具有创建性的见解。集成类的资料应有一定的史料保存价值。总之，做成一套具有当代价值和历史意义的好书。在此，我们编委会人员，向提供资料、筛选编辑、版面设计、校对勘误，包括所有为这套资料付出辛勤劳动的同志们，表示真诚的谢意！

郑欣淼
二○一九年七月于北京

穿越鸟啼声做的时空隧道

丛 林

庆霖兄夜梦自己"穿越鸟啼声做的时空隧道"，读其近作《刘庆霖作品选》诗词卷，我也如同穿越了鸟啼声做的时空隧道。

被诗选中的人

有的人选中了诗，有的人被诗选中。1989年，一个叫李广源的人连续给他写了十几封信，劝他催他写诗。由此他还曾自嘲道："捉笔操刀费剪裁，我原不是缪斯胎。诗魔找到我头上，逼我帮它写出来。"（《杂感》之六）然而，他一入此门，便如鱼得水、如鹰在天，显示出非凡的才能。后来，他借"鱼"之口说出了这样的感受："家在寒塘远洞庭，芦花影里听蛙声。误食月钩光满腹，偶眠莲帐梦多清。"（《野塘鱼》）一句"光满腹"，知他已认可了被"诗魔"选中。其实，庆霖兄在诗词上的卓越表现缘于他不断进步的诗性思维。我们不妨看看他思维的特色。

他的诗性思维几乎是天然的。他曾告诉我，诗集中最早的一首作品是1990年8月写的《别三角龙湾》："塞外山奇水亦奇，龙湾相对两依依。诗刀且共军刀快，裁得湖光作锦衣。"整首诗由实入虚,充满了想象力的灵光,尾句"裁得湖光作锦衣"堪称神来之笔。要知道,这首诗创作于他写诗不到一年的时候。这种近乎天然的诗性思维在他后来的诗词创作中则更加出神入化了。我从他诗中挑选了有关"手"的诗句,可以证明这一点。"踏露身将湿,扶枫手欲燃。"(《入山行》之一)"江山一握手,天地两知音。"(《入山行》之二)"烟雨胸中气,江河掌上纹。"(《入山行》之三)"手握星辰偏不摘,留将指印鉴重来。"(《夜宿长白山顶》)"昼读翻残山石页,夜行挑瘦月灯笼。"(《秋日登大顶山》)"分别望残心里月,相逢握痛指间风。"(《送于德水之日本》)"能使心空荡鸟雀,朝天十指亦森林。"(《江边观老者放飞笼中鸟》)"红叶相思山亦瘦,那天握了深秋手。"(《秋行香山曹雪芹小道》)在这些诗中,手可以燃烧,可以握江山,可以成为山水的一部分,可以将指印留在星辰上,可以翻山之书、挑月之灯,可以握痛风,可以成为森林,可以与秋相携。这样的诗性思维像潺潺流淌的溪流、随风浮动的草木、逢春而发的花朵一样自然;同时又是那样奇丽诡谲,出人意料。如果不是近乎天然的诗性思维,那就无法解释了。正像李同振说的,他是个"外星人":"掌上春光温四季,诗坛来个外星人。"(《庆霖风格礼赞》)然而,据我了解,他不是"外星人",他的诗性思维是一步一步形成的。

"旧体新诗"的提出。虽然说庆霖兄的诗思维几乎是天然的,但这种思维也有一个从不自觉到自觉的过程。他1989年开始写旧体诗,到了2003年还没有给自己的诗作一个总体定性。2004年初，吉林省"真社"的十个诗友要给他开个研讨会，他想了一个晚上，给自己的作品定性为"旧体新诗"，即用格律的形式创作的当代诗词。并规定了方向和标准——用旧体诗的形式创作新诗，用新诗的理念经营旧体诗。2004年6月，他在广东阳江开的"第十八届中华诗词研讨会"上，发表了《浅谈我的"旧体新诗"》一文，总结了自己的诗词是"思维方法新""表现手法新""语言新"。从此，他才开始自觉地追求"旧体新诗"的"三新"。后来，有人给"旧体新诗"找到了一个标志性的词——"五声"，即五个押"声"字的诗句："捆星背月归来晚，踩响荒村犬吠声。"（《冬日打背柴》）"提篮漫步林间觅，拾起蘑菇破土声。"（《夏日捡蘑菇》）"晨起匆匆揉睡眼，推窗抓把鸟鸣声。"（《松花江畔农家小住》）"喜观崖雪纷崩落，听得残冬倒塌声。"（《十二上龙潭山》之一）"枕过春山留梦迹，担回溪水有蛙声。"（《春日述怀》）这"五声"确实能在一定程度上代表"旧体新诗"的特点，有人给他起一个雅号"刘五声"，并说"古有'张三影'，今有'刘五声'"，内蒙古通辽的杨青先生还专门为此写了一篇文章。

"生命思维"的归纳。"旧体新诗"的特色有了，但什么才是它的创作方法？或者说，什么是它的思维方式？不断有人在问刘庆霖，而刘庆霖自己也不断地追问自己同样的问题。据庆霖兄自己说，有一个老师在1990年就告诉他："写诗要多关注诗词理论。"从那时起，他就开始注重诗词研究，并逐步把研究的重点确定在诗性思维上。所以，对自己的思维方式，他的思考不是一年两年了，终于在2011年，他写了一篇《如何把握"生命思维"》的文章，提出了"赋物以生命""物化自我""视无形为有形"三种思维方式，同时把它们归纳为"生命思维"。"赋物以生命"就是视一切皆有生命，皆有思想情感。例如他的《摊破浣溪沙核潜艇》："宛似长鲸星际来，大洋深处锁形骸。屏息浮沉唯偶现，任徘徊。　鸽子若持核按钮，久潜哪怕梦生腮。腹储光明何惧暗，待神差。"在这首词中，核潜艇被赋于了思想、情感、智慧，这不是拟人，是"生命思维"的一种方法。物化自我。就是把人作为大自然的一部分，物我同一。诗人可以把自身想象为一棵树、一座山、一滴露等等，以这种方式去体物。如《清晨过小昭寺》："煨桑烟雾绕经堂，大殿众僧超度忙。我是石狮门口坐，胸中有佛未开光。"这里，诗人把自身想象为一座石狮，想到狮子也应该有心，然后想到"心即是佛"的佛教通语，人、石、佛在这里实现了高度统一。视无形为有形。亦即把无形的、无声的，无知感的事物视为有形、有声、有知感。如《白城包拉温都赏杏花》："广漠青黄识草芽，春风昨夜入农家。林间坐到夕阳晚，撩起黄昏看杏花。"黄昏本无形，岂能"撩起"？然而，这在作者"生命思维"的状态下，却变成了合理的想象。由于"生命思维"三种形式的归纳，使"旧体新诗"有了可操作性，便于理解学习。

逆向思维使他的诗更加奇崛。逆向思维是诗性思维的一种特殊方式，也是诗词出新的有效手段。这种方式被庆霖兄采用，产生了许多绝妙的境界。例如："踏青逢雨半途回，傍晚山门使得开。大度不和春计较，小晴但向月徘徊。"（《访净月潭》）访净月潭不成就赏月，雨天阻了我的行程，我不在乎，不和春计较，这是咱的大度，真是令人难以置信的想法。再如："鲸吞六国鬼神惊，秦俑依然气势宏。若使我生千载上，定邀嬴政夜谈兵。"（《观兵马俑》）秦始皇用兵神奇，且高居帝座，要与其平起平坐，并邀他"夜谈兵"，又是一个大胆而逆向的想法。又如："玉皇顶上雾初开，大小峰峦膝下排。稳坐松前倚石案，招呼红日见吾来。"（《泰山观日出》）看日出变成了"招呼红日见吾来"，这种想法就让人吓一跳。有人说，诗性思维已经"长"到了刘庆霖的身体里；有人说，从身边路过的风中他都能抓出诗来。

我只能说，是诗选择了他，而他也"找到了诗词的法门"，诗与人完全融为一体，他成了一个诗人。

视诗如生命

单独看刘庆霖的思维，确乎有些神奇。但如果你知道他如何爱诗，就完全可以理解了。庆霖兄写诗的努力程度不逊于任何爱诗的人，在他身上，既能看到慧能的瞬间顿悟，也能看到达摩的十年面壁。

其一，视诗为生命的一部分。庆霖兄曾经说：自从他写诗开始，二十几年的业余时间只干了一件事，写诗与准备写诗。他常说，诗是生命的一部分，诗是焚烧思维留下的舍利。他告诉我，这个认识也不是开始就有的，而是通过四个阶段，逐步认识得到的。第一阶段，认为写诗只是一种爱好，兴趣来了便写，兴趣走了便不再想它，可有可无，便有佳作，也属偶然；第二阶段，认为诗是生活的一部分，有了诗，黑白世界变成了五彩缤纷了，生活中不能少了诗；第三阶段，诗是生命的一部分，生命因为有了诗则更有意义，诗成了魂牵梦绕的东西，诗已融入了自己的血液里；第四阶段，认为诗是焚烧思想留下的舍利，它将永远留在人间，不因生命结束而消亡。随着这种认识的一步一步加深，他把可以利用的时间都用在了读书和写诗上，如果一段时间写不出诗来，就烦躁不安，而一旦写出自己满意的好诗，哪怕是深更半夜，也要喝上一杯以示庆贺。他曾经写过一首《蚌》："海是家乡贝是朋，惯于水底枕涛声。含将石子终年孕，不信明珠生不成。"蚌含石子，不拒艰辛，持之以恒，以孕明珠。这也是庆霖兄的自我写照。

其二，认为诗路是条朝圣的路。刘庆霖2012年给老诗人丁芒写了一篇诗评，题目是"诗路是条朝圣的路"，其实他自己也在不断地朝圣。我只举一件事例，2003年初，他读了《聆听西藏》散文集后，就一定要去西藏"朝圣"，不是去朝佛，而是去朝诗。在他看来，古代诗人几乎没有去过西藏，西藏当地人又几乎不写汉诗，清代官员写了一点西藏诗词，现代诗人走马观花也写了一些西藏的诗词，但谁也没有真正对西藏大地进行过诗的耕耘，加之西藏高原缺氧，去的人本来就少。所以，写西藏诗词是个难题，也是个好的选题。于是，他从2003年开始，用了十年时间写西藏诗词，先后三次去西藏体验生活，阅读了五十多本有关西藏的诗歌、散文、纪实等，写了一百多首诗词和感言。然而，三次去西藏，有两次严重的高原反应，其中艰苦，唯他自知。正如他写的《朝圣者》："一念生时杂念沉，低头磕向日黄昏。以身作尺量尘路，撞得心钟唯自闻。"功夫不负有心人，2014年《诗刊》增刊《子曰》第四期用11个页码发表他《天堂隔壁的诗》和自序文章，足见其影响之大。二十几年写诗，他以虔诚的心，读万卷书，行万里路，从容不迫地向诗路朝圣。世界是公平的，如果你努力了，而且方向是正确的，就会得到回报。驼鸟练腿，跑得就快；雄鹰练翅，飞得就高。

其三，以诗为乐。庆霖兄曾是中国人民解放军某部政委、上校，2006年从部队退役，当时他47岁。他完全可以选择转业地方，再工作十几年，但他选择了自主择业。从此他把业余爱好当成了职业，并以此为乐。八年来，他先是在吉林省长白山诗社编《长白山诗词》，后又受聘于中华诗词研究院，任《中国诗词年鉴》执行副主编，现在《中华诗词》任副主编。说句实话，单说在北京租房子居住，就是很艰苦的。他那首《临江仙写给一位北漂》难说没有自己的影子："醉在京城出租屋，喝干半碗乡愁。月光覆盖鬓边秋。老家来电话，只说是丰收。　把萨克斯吹哭了，黄昏温婉清幽。明天依旧挤车流。看花人笑语，等我路回头。"可是，他是乐观的，因为他以诗为乐。到京城的第三年，他租了第三个房子，地点在香山娘娘府，夜里做梦，梦见自己穿越鸟啼声做的时空隧道，连夜写下："京城一住不思还，家向娘娘府院迁。赁得空间存梦想，分来雨露润心田。四时宾客日星月，两个邻居金玉山。莫问明年居哪里，时空隧道鸟啼间。"租了一个房子，每年房租要三、四万元，还高兴地说"赁得空间存梦想"，

"四时宾客日星月，两个邻居金玉山"，而且，不管明年搬到哪里，都在鸟啼声做的时空隧道里。

爱诗如此，诗便回馈了他。翻开他第一本诗集，有一首1992年写的《溪畔吟诗》："十年润笔不争鸣，诗句吟成寄水中。待到随流漂入海，东西南北任纵横。"由此可见，他原本就准备好了下苦功夫，耐住寂寞，做一番拼搏。

境界高于风格

有人说，刘庆霖的诗有个性，已经形成了自己的风格。但我认为，他的境界高于风格。一个诗人如果没有自己的风格，就没有真正地找到自己。可一个诗人只有风格没有境界，就没有真正找到诗的真谛。我们在刘庆霖的诗词中看到了这种境界。

一是书写普通人。在他的诗词中，写普通百姓生活的占了一定的比例。例如："口令传呼换哨回，虚惊寒鸟绕林飞。秋山才褪军衣色，白雪先沾战士眉。"（《北疆哨兵》之一）"四月南风吹梦华，残霞满地鹊喳喳。清晨抱帚林间扫，不管开花管落花。"（《公园清洁工》）"奉水端汤移步轻，洗完尿布哄娇婴。床前厨下不停歇，收拾哭声陪笑声。"（《月嫂》）"觅得芳菲作近邻，却依蜂意动迁频。千箱露冷风衣薄，甜在唇边是苦人。"（《路边放蜂人》）"不晓光明咋弄丢，春天到了眼成秋。日如雾影茫一片，天比屋檐高半楼。书里梯攀手指上，世间路在竹竿头。偶思扑蝶草丛坐，摸到枯花唯泪流。"（《代盲人作》）等等。当然，不是说写寻常百姓，诗人的境界就高了。关键看诗中对这些人物倾注了多少真情。庆霖兄在写这些人物时，多半都是真心地赞美或同情。只有作者的心与诗中人物紧紧地贴在一起，认真体会他们的生活感受，诗才能这样真切感人。诗人不能完全纠缠个人的情感，应该以更多的笔触去碰撞社会，替普通百姓写诗，甚至替山川草木写诗，这是一种高尚的情怀和境界。

　　二是书写军人情怀。军人的情怀多半是爱国奉献和思乡怀人，其格调多为高亢乐观。庆霖兄军旅生活近三十年，对军人生活和心境比较清楚。其军旅诗不仅表现个人的情怀，也在一定程度上代表了一代军人心路历程。例如："十年望月满还亏，看落梅花听子规。磨快宝刀悬北斗，男儿为国枕安危。"（《军营抒怀》）中国近三十年边境无战事，但和平不等于军人责任减轻了。不忘战并为战争做好准备，是军人的责任。而"磨快宝刀悬北斗，男儿为国枕安危"，就是当代军人的高尚情怀。再如："塞边飞将鬼神惊，策马黄沙万里行。名重难封又何憾，男儿光彩照长城。"（《汉将李广》）这是当代军人忘我的名誉观。只要男儿的光彩能够照耀"长城"，威慑敌人，个人名誉和官职又算得了什么！又如："从戎万日守边庭，解甲百天思故营。梦里集合惊坐起，一抓军帽泪忽倾。"（《退役杂感》）一个老兵对军营的眷恋总是真诚的，这种眷恋出于真正的爱，这种爱已经长在老兵的身上，不会因为退役而丢掉或减少。因此"梦里集合惊坐起，一抓军帽泪忽倾"，也代表了多数老兵的军旅情结。当然，军人的思乡怀人之情，在他的笔下也表现得生动感人。例如《清平乐忆探家》："归心箭急，知是情难易。相拥老妈同笑泣，忽地摆成宴席。　　酒停俩弟仨兄，相围一盏昏灯。瓜籽嗑香秋夜，虫声喂饱乡情。"自古军人忠孝难以两全，战士在为国尽忠的同时也经常思念亲人，盼着与亲人相聚。战士探家，也是这种情感集中体现之时。这首词写得热烈感人，使人过目不忘。

三是书写正能量。正能量是社会中的正义力量，诗人要理直气壮地书写它弘扬它。它可能是一件普通事情的亲身体悟，如："鸟啼零落不堪听，夜半伏边庭。凉风吹拂钢枪管，刺刀上，一点流萤。蛛网分沾草露，界碑爬上虫声。　　风流年少亦多情，手握大山青。以身焐热边关土，五更时，撤走如星。脚印微芜月色，眼窝深陷黎明。"（《风入松边关潜伏》）边关潜伏是艰苦的，但也是幸福的，因为潜伏的人为国家安危尽了自己的心力。所以，当他完成任务时"脚印微芜月色，眼窝深陷黎明"，愉快地返程了。书写正能量，也有可能是对一个大的历史事件的评价，如："百万雄师连夜发，席天卷地风生。漫言数载苦经营。千舟江面压，一帜岸边倾。　　四面枪声同爆豆，奈何得我神兵？五更天幕薄如绫。星星弹孔里，流淌出黎明。"（《临江仙渡江战役》）当年席天卷地的渡江战役，用一首小令表现和赞美，而且鲜活有味，实在难得。尾句虽然从北岛的"从星星的弹孔里，将流出血红的黎明"（《宣告》）中化出，但能赋予新意，并与整首词浑然一体，令人叹服。书写正能量，还有可能是对某一事物的赞美，如："只为春风绽粉腮，女皇何必紧相催。枝虽入世横斜出，花未因人喜怒开。晓艳但分霞彩韵，晚芳犹慕麝兰才。洛阳一贬名千载，信是香从骨气来。"

（《牡丹》）书写正能量，也有可能是对某一事物的认识或对某一类人的讽刺，如："一线阳光绕指缠，世间物理不轻言。薄云似被遮深谷，小路如绳捆大山。"（《杂感》之二）"怀揣公款乐悠悠，走罢杭州走广州。堪笑鄱阳湖里雁，年年自费北方游。"（《有感》）"皇家权重自通灵，能贿神仙到九重。七十二场浇墓雨，一场不是济苍生。"（《闻清东陵地区每年下七十二场浇陵雨》）当然，无论是赞美还是讽刺，他都力求做到诗味浓厚，诗境优美，用诗的语言说话。庆霖兄较好地把握了这一点。

庆霖兄有一篇题为《努力做到见自己、见天地、见众生》的文章，他是想修炼诗人的大境界。李绅的《悯农》、杜甫的《茅屋被秋风所破歌》、白居易的《赋得古原草送别》、于谦的《咏石灰》、文天祥的《过零丁洋》都是大境界。这些诗，成为今天诗人前进的方向。很高兴地看到庆霖兄在营造个人风格之后，又抓住了诗词境界这个重要问题，并不断地提升自己的高度。

《刘庆霖作品选》诗词卷我有幸先睹为快，这里也只能道出冰山一角，它的艺术全貌只能由读者自己探寻。在此，祝愿庆霖兄像他《中秋赏月述怀》中写的那样一路前行："莫谓人间路万重，一壶浊酒笑临风。手提明月行天下，怀抱诗灯挂夜空。"

目　　录

绝　句

词

律 诗

古 风

绝句

手提明月行天下
怀抱诗灯挂夜空

别三角龙湾

塞外山奇水亦奇，龙湾相对两依依。
诗刀且共军刀快，裁得湖光作锦衣。

1990年8月25日

雪 花

本是天边五彩霞，乘风飘落作银花。
红尘难保身如玉，亦把高洁示万家。

1991年1月10日

军营抒怀

十年望月满还亏，看落梅花听子规。
磨快宝刀悬北斗，男儿为国枕安危！

1991年12月15日

谢安达诗友劝饮之厚意

杯满真情不许辞，人生几次遇相知。
动员灵感皆担酒，典当春风聊买诗。

1993年6月1日

高原军人（三首）（第一组）

（一）

高原营帐触天襟，耕月犁云亦可闻。
夜里查房尤仔细，担心混入外星人。

（二）

撩乱行云雪后生，崖间换哨在平明。
军姿冻得嘎巴响，剩有心温未结冰。

（三）

五月高原山未青，巡逻战士挟风行。
雪飞归路黄昏晚，马踏溪流半是冰。

1993年12月8日

啄木鸟

穿过斜阳落叶风，林间敲响木叮咚。
天生嘴笨知难用，不唱赞歌唯捉虫。

1993年12月18日

有 感

怀揣公款乐悠悠，走罢杭州走广州。
堪笑鄱阳湖里雁，年年自费北方游。

1995年6月14日

访长春净月潭

踏青逢雨半途回，傍晚山门始得开。
大度不和春计较，小晴但向月徘徊。

1998年6月5日

观兵马俑

鲸吞六国鬼神惊，秦俑依然气势宏。
若使我生千载上，定邀嬴政夜谈兵。

1998年8月1日

告别黄龙府

夏日迁居不扰春，清晨相送有红云。
车行十里回头望，塔影依依似故人。

1998年8月20日

小 女

我家小女爱星空，胆小缠人牵手行。
忽指天边圆月语：嫦娥晚饭煮星星。

1998年10月5日

北疆哨兵（三首）

（一）

口令传呼换哨回，虚惊寒鸟绕林飞。
秋山才褪军衣色，白雪先沾战士眉。

（二）

巡逻每把夕阳随，夜幕降临人未归。
不畏眼前岐路暗，万家灯火亮心扉。

（三）

三载哨兵明月陪，壮心已共白云飞。
他年若许天涯老，血洒边关铸界碑。

1998年10月28日

蚌

海是家乡贝是朋，惯于水底枕涛声。
含将石子终年孕，不信明珠生不成。

1998年12月24日

题孔庙龙树

殿宇林荫幽古风，儒家春色鸟声中。
文章度世原非误，老树听经已化龙。

1999年5月20日

路边放蜂人

觅得芳菲作近邻，却依蜂意动迁频。
千箱露冷风衣薄，甜在唇边是苦人。

1999年7月28日

题张家界天子山

手握金鞭立晚风，一声号令动山容。
如今我是石天子，统御湘中百万峰。

2002年1月2日

红豆吟

相思红豆古今同，聊把一枚存梦中。
我自有情如此物，寸心到死为君红。

2002年3月2日

夏　意

绿意层层溪畔生，树阴远近隐蝉鸣。
野花鞋被风穿走，山雨悠悠赤脚行。

2002年7月20日

故乡边境行（二首）

　　我的故乡是黑龙江省密山市的一个边境小村，直线距离与俄罗斯边境仅七华里。听老人们说，俄罗斯那边的黑背山原来是我们的领土，老一辈人的坟墓有不少就在那边。我每一次回家乡都要到边境走一走，看看这里的变化，也感受一下边防的氛围。

（一）

边境穿行欲断肠，当年历史已微茫。
界碑立处杂荒草，一朵花开两国香。

（二）

桦林哨所立黄昏，脚底苍苍是国门。
三尺钢枪关社稷，一身荣辱系乾坤。

2002年11月28日

乐山大佛

静卧如山佛住心，江风吹浪湿衣襟。
秋眠忽被月推醒，不许人间入梦深。

2002年9月22日

松花江畔农家小住（三首）

（一）

三两童心结伴行，沿江平踏渚烟轻。
采回山韵皆原始，挖得诗思俱野生。

（二）

空山落日少人行，江畔清幽野趣生。
星舍灯光萤点亮，月巢鸟语草编成。

（三）

春江夜宿待潮生，梦里心堤蒿草青。
早起匆匆揉睡眼，推窗抓把鸟鸣声。

2003年5月18日

中秋赏月述怀

莫谓人间路万重，一壶浊酒笑临风。
手提明月行天下，怀抱诗灯挂夜空。

2003年5月22日

杂　感

一线阳光绕指缠，世间物理不轻言。
薄云似被遮深谷，小路如绳捆大山。

2003年5月26日

游九寨沟（二首）

（一）

古木参天挂绿苔，小桥转处镜池开。
浣花细雨风吹过，一伞阳光撑梦来。

（二）

水奏琴音下断崖，野花倒挂涧边开。
我是地球村外客，山床一觉梦生苔。

2003年6月23日

军队拉练（四首）

（一）

四月林中雪乍消，边风吹面绽新桃。
翻山越岭军情急，溪水连冰饮一瓢。

（二）

埋锅山脚煮春溪，淡淡轻烟入鸟啼。
饭菜香飘分蛱蝶，林花风扫落征衣。

（三）

山脚炊烟山上霞，披风趟露走青纱。
女兵浪漫情难掩，一朵野花枪口插。

（四）

野宿疏林卧晚风，何愁草地露尘浓。
扯来夜幕披身上，时有繁星落梦中。

2003年6月18日

行走天路（二首）

（一）

一杖扶风踏雪临，圣山顶上正云深。
天堂没有门牌号，只可随缘不可寻。

（二）

羌塘无际草生烟，点点帐篷连远山。
古刹门前朝圣路，春风次第上经幡。

2003年7月10日

高原牧场（二首）

（一）

远处雪山摊碎光，高原六月野茫茫。
一方花色头巾里，三五牦牛啃夕阳。

（二）

寒星渐被曙光埋，原上花迎晓露开。
山口羊唇衔日起，藏袍赶出白云来。

2003年7月10日

西藏朝圣者（三首）

（一）

一念生时杂念沉，低头磕向日黄昏。
以身作尺量尘路，撞得心钟唯自闻。

（二）

膜拜时闻扑地音，善因善果梦何寻？
衣衫褴褛垢沾面，一掬佛光先洗心。

（三）

雪域纷纷朝圣来，山前匍匐见痴怀。
灵魂已被鹰啄出，晒在云边天葬台。

2003年7月15

路遇转山藏族妇女

手持经筒转流霞，一路风尘一路家。
行到阳光拥挤处，颊边两朵藏红花。

2003年7月20日

感受毛垭草原

百里草原花色鲜，藏胞游牧信天然。
一声鞭响白云走，留下群山空栅栏。

2003年7月21日

题长白山石壁（三首）

（一）

叩壁扪星一路吟，登临雪顶拜山尊。
倚天立定轻挥手，抖落霞衣襟上尘。

（二）

新秋爬上秀峰西，小住山中意自迷。
林下读书花入卷，崖边对弈鹿观棋。

（三）

大荒绝顶壁生风，流水滔滔万壑中。
云帐散成虹雨露，春巢飞出夏秋冬。

2003年8月28日

童年生活剪影（三首）

冬天打背柴

一把镰刀一丈绳，河边打草雪兼冰。
捆星背月归来晚，踩响村头犬吠声。

夏日捡捡蘑菇

卸下书包倍觉轻，连天细雨恰新晴。
提篮漫步林间觅，拾起蘑菇破土声。

放学路上抓鱼

挽裤扔鞋下水洼，书包交给马莲花。
抓鱼一串手提去，泥上深留小脚丫。

2004年2月20日

白天鹅

远山招唤近云呼，碧海长空化坦途。
两翅阳光千里载，半巢月亮一生孵。

2004年3月31日

白城包拉温都赏杏花（二首）

（一）

红尘紫陌入心胸，慢把诗思说万重。
头枕鸟声山径卧，手中一叠杏花风。

（二）

广漠青黄识草芽，春风昨夜入农家。
林间坐到夕阳晚，撩起黄昏看杏花。

2004年4月25日

听 雨

坐闻风雨夜敲庐，似读平生最爱书。
喜是春来除旱象，非关田有与田无。

2004年5月8日

登山西悬空寺

凭临险地悟危空，此境人间几处同。
佛寺半悬崖壁外，禅声多落鸟巢中。

2004年5月9日

赏睡莲

坐赏半塘金彩莲，倏忽花睡碧云间。
却怜池里轻舟过，摇醒含苞梦一船。

2004年7月24日

关东诗阵成即席

列成诗阵一长吟，吟地吟天吟古今。
吟到九霄情未尽，大勺北斗舀星云。

2004年8月24日

长白山行吟

乘槎河畔坐，无意最高峰①。
喝口天池水，江源在腹中②。

2004年8月15日

【注】
① 乘槎河，是长白山天池到瀑布之间的一条小河。
② 长白山天池是松花江、图们江、鸭绿江的源头。

陪 会

无端陪会上层楼，顿觉时间慢似牛。
一脸公文台上坐，三杯茶水腹中流。

2004年10月12日

十二上龙潭山（选十）

2005年春，我调入吉林市不久，开始登龙潭山，先后得诗十二首，并依次在网上发表。广大诗友唱和颇盛，仅"旧体新诗"一处，和诗就多达500余首。

（一）

漫步龙潭神愈清，山阳独自感新晴。
喜观崖雪纷崩落，听得残冬倒塌声。

（二）

远岭白云闲数堆，眼前苍木亦怡怀。
阳光啄食空巢雪，知有春莺飞欲回。

（三）

碧潭深影积尘多，四面颓垣成陡坡。
城阙踏平知几处，旱牢疑是马蹄窝。

（四）

山路缠腰东复西，烟云衬树觉天低。
夕阳酒馆成泥醉，夜幕垂临到眼皮。

（五）

石阶琴键踏悠悠，登得山肩一放眸。
万木如梳云似鬓，此间谁在理春头。

（六）

龙潭待我已千年，一见相拥肩并肩。
飞鸟时穿心境过，野花开到梦边缘。

（七）

坐对青山饮一杯，芳林回首已多违。
蝶衣沾走杂花色，大块春光拍翅飞。

（八）

乱云连岳挟孤城，雨近黄昏闻雁声。
我有愁衣如海皱，航船似斗熨难平。

（九）

啜饮阳光几树花，合当山谷是仙家。
龙鞭朝牧东川雨，潭影晚收西岭霞。

（十）

林梢筛月露微寒，杖拄石阶闻岭巅。
吾本星岩采芝者，一足不慎落人间。

白山参娃

曲径幽溪任我游，口衔叶笛上高丘。
掀开一角枫林雾，钻到秋山梦里头。

2005年5月18日

松花湖晨起

清晨最喜岸边峰，一片生机藏此中。
提起林襟轻抖动，半天鸟语乱花风。

2005年5月23日

母 亲（三首）

（一）

野菜当餐饥饱怀，补丁寒曙日难挨。
草棚屋顶炊烟瘦，不畏贼来畏客来。

（二）

日子贫寒十口家，一衣常转两三娃。
担心拾旧儿生怨，每把补丁缝作花。

（三）

怜她一世守桑麻，请假陪游上大巴。
县市省城都转了，归来却道不如家。

2005年7月10日

信 使

绿风拐进小河湾，春是农家邮递员。
对折蝶书何处寄，淡香一片菜花间。

2005年7月20日

忆父亲（二首）

（一）

隐疾因贫不就医，却言爱瘦老来时。
四双儿女都瞒过，病到杖藜唯自知。

（二）

拄杖迎儿归故乡，卧床抚摸我戎装。
弥留之际几催促，早日返回守塞疆。

【注】

　　1993年，我当兵14年整，突然接到父亲病危的电报，一进院子，见他正拄着拐杖等我回来，这时，父亲已是癌症晚期。我到家三天后，他就催我归队，每天都催几遍，到了第八天早晨，他见我还不走，就要用拐杖打我，逼我回部队，我见他实在难受，就从他面前把包提走，慌说归队，与他告别。父亲这才不再生气了，并目送我离开。当天下午五时，他就去世了。父亲是个普通的农民，连一个字都不识，但在我的心中，父亲是伟大的，这两首诗既是纪实，又是对他的怀念。

吉林雾凇

玉树婆娑映彩桥，阶霜渚雪日方高。
严冬犹有春潮涌，一夜江声上柳条。

2005年12月7日

野塘鱼

家在寒塘远洞庭，芦花影里听蛙声。
误食月钩光满腹，偶眠莲帐梦多清。

2005年12月26日

过五指山

椰风相伴友相牵，登得奇峰天海间。
一抱白云沾五指，莫然回顾手成山。

2006年5月10日

骆驼峰前赠"天边的骆驼"

神驼奉旨把山搬，天上人间时往还。
余得两峰无处放，昂头立在七星边。

【注】
  2006年5月，我与网名为"天边的骆驼"的程景利一起南游，到桂林七星公园见骆驼峰，此峰恰是"天边的骆驼"在网上的头像，故赋诗相赠。

桂林冠岩暗河行

牵缆履阶山腹行，时闻脚下暗河声。
拾取一枚石出洞，让它知道有光明。

2006年5月12日

退役杂感

从戎万日守边庭，解甲百天思故营。
梦里集合惊坐起，一抓军帽泪忽倾。

2006年7月26日

观老者放飞笼中鸟

清晨老者立江浔，双手托飞绿鸟音。
能使心空荡鸟雀，朝天十指亦森林。

2006年9月5日

【注】
　　2006 年，我退役在家休息。一日乘公交去商场，下车时，我的两手不自觉地向上举起，就在这一瞬间，"朝天十指亦森林"七个字在头脑中跳了出来。

萤火虫

护田暗夜自提灯，未向人间索薄名。
却幸车家陪学子，一时照亮读书声。

2006年11月7日

夜晚独立布达拉宫前有感

布达拉宫梵语声，今宵格外透风清。
但能感觉不能见，佛是盲人心里灯。

2007年2月3日

慧 根

遥山雪色白云封，鹰隼盘旋下碧空。
大野荒芜梵寺远，草根禅定一只虫。

2007年2月7日

【注】

在西藏看到冬虫夏草，我才懂得，真正的禅定像圆融无碍的天心明月，像一只虫子化作一棵草根。假如我生活在雪域圣地和藏传佛教的环境里，也许会学着禅定一生，我相信，我有一棵草的慧根。但现在不能，我的脚步停不下来，因为我的心在远方。山长水远，路复西东，那是我的轮回。

藏北无人区偶见毡包

孤单一顶黑毡房，远嗅炊烟亦觉香。
白石滩中鲜见绿，草根却比草身长。

2007年2月13日

古格王国遗址凭吊（二首）

（一）

寺院荒芜暮霭中，漫山死寂到心空。
伫立为思前世劫，目光翻乱故城风。

（二）

黄沙埋没旧炊烟，关闭灵光佛影残。
日子如羊被赶走，千年风色枉依然。

2007年2月3日

送于德水之日本

百年聚散似飞鸿，唯把真情叠梦中。
分别望残心里月，相逢握痛指间风。

2007年2月29日

题农安人民公园

广漠平畴似锦铺，人民百万尽才殊。
敢将辽塔握成笔，来绘黄龙崛起图。

2008年3月25日

清晨过小昭寺

煨桑烟雾绕经堂，大殿众僧超度忙。
我是石狮门口坐，胸中有佛未开光。

2008年4月20日

火车进西藏

玛尼堆石映霞红，串串经幡曳晚风。
一列欢声不缺氧，穿行众佛眼神中。

2008年4月20日

赏张焕秋书法

收尽奇峰研墨殊，烟波千里砚池浮。
醉中笔力犹苍劲，九曲黄河是草书。

2008年12月22日

过大年

爆竹烟花充宇庭，相围电视酒卮倾。
灯笼光引春归路，子夜钟声已泛青。

2009年2月12日

忆潜伏训练

傍溪卧野草丛藏，犬吠远村声渐凉。
日出待看军士相，半身尘土半身霜。

2009年2月18日

野 弈

芦花风里坐长堤，闲弈二翁草帽低。
鸟啄夕阳全不顾，黄昏小到一盘棋。

2009年2月30

忆看瓜

四围纱帐正葱茏，苞谷抽缨点点红。
独自看瓜草棚下，满身虫语卧香风。

2009年4月12日

公园清洁工

四月南风吹梦华，残霞满地鹊喳喳。
清晨抱帚林间扫，不管开花管落花。

2009年5月22日

稻草人

田间埂上扭风姿，底事为谁守望痴？
超短衣裙还未脱，爱情哭泣已多时。

2009年5月29日

闻清东陵地区每年下七十二场浇陵雨

皇家权重自通灵，能贿神仙到九重。
七十二场浇墓雨，一场不是济苍生。

【注】
　清东陵境内每年都要下"七十二场浇陵雨"，五天一小场，十天一大场，却从来不下冰雹，也从来不刮龙卷风。相传这是受了皇封、不可多得的风水宝地。

泰山观日出

玉皇顶上雾初开，大小峰峦膝下排。
稳坐松前倚石案，招呼红日见吾来。

2011年6月8日

秋收新象

不驾黄牛驾铁牛，追随禾熟放歌喉。
走南闯北行千里，双手能收天下秋。

2011年10月4日

海界，为三沙市成立而作

粼波细碎泛幽蓝，界在鸥声鲸影间。
水面版图常不见，无江山处是江山。

2012年7月18日

兔

食草林间散漫身，所因三窟入凡尘。
偶然撞着前生树，误了后来痴守人。

2011年12月2日

感 事

中原劫后识同宗，两岸相因共舞龙。
慎避陆台成鹬蚌，西洋东海尽渔翁。

2011年12月3日

汉将李广

塞边飞将鬼神惊，策马黄沙万里行。
名重难封又何憾，男儿光彩照长城。

2012年12月5日

西藏问僧

山中不觅诗，入寺咨禅案。
丽鸟啄黄花，吾该管不管。

2013年2月16日

西府海棠

小河东岸步春阶，手指芳香浓处歇。
风过飞花见三瓣，细观两瓣是蝴蝶。

2013年4月15日

白海棠

漫步园林披夕晖，淡香沁肺四厢围。
一千万只白蝴蝶，聚在枝头不肯飞。

2013年4月15日

林芝路上

一路寒山半入空，无须杯酒豁心胸。
趴溪笑饮清纯水，回首皑皑望雪峰。

2013年6月18日

雪域雄鹰（二首）

（一）

啄食牧歌藉梦孤，长空展翅向平芜。
一钩寒暮夕阳血，撕烂荒原残雪图。

（二）

俯视高原目若星，双钩不许鼠横行。
何曾崖畔恋巢穴，只在秋风肩上停。

2013年6月25日

雪域牦牛

帐外牦牛哞雪峰，昂头巨角触苍穹。
当年野性未驯日，拱乱群星留夜空。

2013年6月25日

雪山赏雪

雪花仓储在高原，垛满群山垛满川。
偶有天风从此过，吹携数片到人间。

2013年6月25日

观妻缝衣有感

窗前缝缀用情真，脱手方知针脚匀。
彩布中间加片梦，衣衫穿旧梦还新。

2013年7月5日

白林中陪同赏贺兰山岩画

抚摸石头听逝川，恍如到此已千年。
阳光穿过我身体，照在浅深岩画间。

2013年8月13日

黄河羊皮筏上小饮

一壶浊酒饮如浆，皮筏悠悠漂夕阳。
信是黄河拉直后，丈量不出梦多长。

2013年8月13日

沙坡头古渡

驼峰移过歇前尘，大漠黄河识旧津。
十二羊皮吹筏子，古人载尽载今人。

2013年8月13日

正午农家

果压棠枝偏井台，农人歇晌院门开。
树荫筛下金千点，八九鸡雏啄去来。

2014年2月12日

陕北农家

秋日阳光篱上爬，一庭果树雀喳喳。
两童疯耍满身土，歪嘴石榴笑露牙。

2014年2月12日

雷 雨

云脚偷移下碧山，疏林笼罩似烟团。
忽闻雨里雷声震，又把乌云喊上天。

2014年2月26日

贵州雷公山

天边鹰唳翼如停，漫岭云霞化草荆。
传道山中采药客，曾经挖出过雷声。

2014年3月1日

山居寄友（二首）

（一）

山人拙笨少奇才，半亩幽篁自手栽。
培训竹竿成玉笛，耳边时有妙音来。

（二）

心高聊以作山卿，庐结云间十里坪。
君若来寻须白昼，夜间我只会天星。

2014年6月8日

田边偶得

一只蜻蜓落我肩，低垂薄翼自安然。
不知它要息多久，此是黄昏风雨前。

2014年6月12日

题晨曦双牛图

早起黄牛田垄旁，声声哞叫入苍茫。
地球犁遍还余力，欲破晨曦耕太阳。

2014年6月15日

题牧归山羊图

山羊小小爱攀缘，越岭翻崖不用鞭。
混沌当年天地接，亦曾爬上太阳肩。

2014年6月15日

琴台听琴

流水高山何处寻，台阶斑驳草深深。
吾歌吾哭吾还笑，每寸琴音贴在心。

2014年6月20日

悼念华国锋

纵然凡是误，拨乱亦雄才。
地陷之前夜，把天翻过来。

2014年8月16日

月 嫂

奉水端汤移步轻，洗完尿布哄娇婴。
床前厨下不停歇，收拾哭声陪笑声。

2014年10月10日

过卢沟桥

正义人间不可欺，改书篡史罪难移。
男儿要在狮桥上，审判当年膏药旗！

2015年3月5日

咸阳有思

大泽揭竿秦欲倾，后来刘项志俱成。
人民不守家天下，岂是枭雄善用兵。

2015年5月27日

弹壳口哨

钢枪虽不在双肩，退役男儿志未删。
弹壳一枚当口哨，常教心底警烽烟。

2015年7月17日

卢沟枪声

七十年前事岂埋，不须剥掉弹痕苔。
枪声衔在石狮口，每向行人吐出来。

2015年7月17日

柯尔克孜人家做客（二首）

（一）

大野茫茫新象稠，雪山相映百花洲。
牛羊野牧尤奇特，不甩长鞭甩石头。

（二）

远客时常来亚欧，迷人家宴富珍馐。
毡房多大桌多大，尚有歌声摆外头。

2015年7月23日

题莫高窟日光菩萨像

脚踏莲花亦苦参，空无境界向来难。
如何得到日光后，随手把它还世间？

2015年7月25日

唐布拉草原见牧人转场

车载帐蓬奔远山，马驮红日跑头前。
一群云朵走不动，拖在牛羊队后边。

2015年8月28日

伊犁思左宗棠

收复伊犁功自高，国人时把左公褒。
沉思法器无它物，一口棺材一宝刀。

2015年8月28日

拉卜楞寺

面龙背凤两青山，大夏河从寺外穿。
三百年来分贝叶，俱随驼队散人间。

2015年10月19日

蜘　蛛

一张薄网自编成，挂在禾间或草荆。
落日时分溜索到，悠然假寐待金星。

2015年12月5日

神　马

凡间一住百年过，脚步不曾仙界挪。
只恐上天文曲问，缘何臀印指纹多？

2015年12月8日

蝙　蝠

日下呆呆月下聪，成群出洞舞星空。
不知暗里忙何事，个个身披黑斗蓬。

2015年12月8日

农民自述

牛马相随知位卑，脸朝黄土报酬微。
回思一事堪骄傲，麦穗生光在国徽。

2016年4月29日

听竹板桥故居

院中丛竹曳风青，许我春来倚石听。
磨擦阳光枝叶响，此声亦自是民声。

2016年5月9日

井陉初见王润生，直言吾善饮感怀

夜雨秋风到井陉，杯杯相劝不容情。
从今努力为功课，好让诗名压酒名。

2016年10月23日

赠金秋笔会诗友

人生足迹有无中，来若虹霓去似风。
把梦装订成一册，让它穿越四维空。

2016年11月10日

退役十年有感

舞文弄墨亲风雅，久别军营觉味寡。
以笔作枪思练兵，每瞄凸字半身靶。

2016年11月12日

原上偶题（六首）

（一）

春风着意布山乡，奥妙几多原上藏？
一只蜜蜂如密探，脚丫伸进野花窗。

（二）

小河翻照倒垂杨，岸草青青曲径香。
风绿田边虫语细，蓝蝴蝶卧紫花床。

（三）

一片阳光雨后还，河风窄窄野风宽。
轻于花朵两蝴蝶，却把黄昏梦压弯。

（四）

飞过山崖又水涯，忽停忽走越芳华。
蜜蜂可是在寻找，高出人间那朵花。

（五）

小坐山湾并水湾，虫声扁扁鸟声圆。
夕阳已把心中亮，发到群星朋友圈。

（六）

雪后滋生花色新，冰凌初绽最惊魂。
须知塞北多奇丽，不是江南用过春。

2017年2月27日

福庆寺偶感

万法相通参未全，心禅悟到有无间。
佛前许我免香礼，两掌合成一座山。

2017年7月13日

内蒙古印象

地阔天宽人笃情，白云作帐自然成。
迎宾七月花如海，千里草原当客厅。

2017年7月19日

有感中国第一颗氢弹研发成功

自力更生不信神，两年氢弹爆晴云。
勋章要做一吨重，奖给绝交那个人。

2017年7月27日

登千山有感

一瀑声高终小天，山溪独奏只潺潺。
百川汇作黄河曲，时代强音在合弦。

2017年8月18日

赠辽宁舰战士

一代男儿任在肩，守疆卫国敢争先。
持峰捧海登航母，已把山河安两舷。

2017年9月18日

登北固山

立定沉思凭古台，江山未敢等闲裁。
绝知佳处比图画，多是前贤绘出来。

2017年11月29日

余光中逝去再读《乡愁》

孤寂忧思解不开，单程船票贴胸怀。
应怜两岸乍分日，天下乡愁半在台。

2017年12月15日

罗平采风（三首）

（一）

万亩黄花叠彩山，吾来三月看梯田。
左回右转层层上，走在春风直角边。

（二）

层叠梯田花色肥，众人拍照似蜂追。
山前我自张双臂，拥抱春光第四维。

（三）

一片梯田一片天，层层花色叠山川。
邀君春到罗平住，万紫千红我买单。

2018年2月28日

楼上杂感

闲立高楼看小城，繁华赏过叹文明。
人民路上人行道，也有豪车恣意停。

2018年3月2日

色季拉山口见蝴蝶

色季拉山春乍归，伫观蝴蝶一双随。
爱情攀上五千米，贴在格桑花上飞。

2018年3月6日

参观熊家冢楚王车马阵

古楚歌声谁掩埋，熊家田地裂风开。
两千四百年王气，卷带战车出土来。

2018年6月18日

万源八台金鼎喊太阳

风寒衣薄未天明，登上八台呼一声。
我不披光何足道，万山俱待太阳青。

2018年6月3日

寄语杭州市诗词楹联学会

文起钱塘百代兴，吟家妙句有光明。
莫轻掌上一支笔，诗是天堂吊顶灯。

2018年6月22日

阴山道上

岭无高峻入云峰，谷少溪泉接碧丛。
光秃岑峦堆劣石，造山草草便收工。

2018年6月22日

观金莲川图片寄西盟友人

那年原上结情浓，此日休言花又红。
若是友人都未遇，金莲大可不相逢。

2018年7月26日

遂昌赏山

未思一脉独称雄，白马哝哝唤九龙。
为使蓝天更纯净，群山合力管春风。

2018年9月6日

参观辽宁新宾清永陵

移骨山中事可疑，从来天命把人欺。
果然真有成龙穴，风水先生亦登基。

2018年10月18日

远眺大伙房水库

百里烟波蓝复碧，平湖夹在群山隙。
从今随处忆辽东，天上云多抚顺籍。

2018年10月18日

植物园桃花初绽

池边竹外数枝斜，点点殷红衬水涯。
应是昨宵来少女，将唇复印在桃花。

2018年12月3日

词

春色不曾谁用旧
月光已为我更新

水龙吟·春宵漫步

小园回望书窗，华灯思路殷殷亮。柳枝碧透，杏花风起，月醅新酿。勿要担心，松江消瘦，梦难流淌。且与心漫步，共星私语，千古意，重吟唱。　　何事思潮激荡，友山河，痴情不忘。廿年在外，月中桂影，亦如兄长。人海茫茫，知音几个，笑逢缘上？欣故乡有信：春风仍是，我家花匠！

1997年4月8日

垂钓吟（自度词）

河流黑土地上，人在青纱帐里。水面浮云，竿头蜻蜓，忽被芦风吹起。夕阳下，三尺童谣，二斤笑容，一篓情趣。　　趟过自然，觅个心湾，钓个话题：有道是，直钩弯钩谁留意。缘何江海无龙？想必那，月钩在天，早已钓得蛟龙去。

1997年5月25日

鹧鸪天·退役后山中小住

野火烧云入望迷，夕阳山下听乌啼。过人屋外溪还闹，来我门前峰已稀。　　情默默，梦依依，何妨老树挂征衣。投枪走笔谁如我，四海安宁歇马蹄。

2007年11月20日

戍边情（自度词）

卅年戎马，岁月未蹉跎。江南塞北，寒风热雨，哨谷伏坡。问人间几个，陆上枕戈，水上枕戈，天上枕戈。　　摸爬滚打俱经过，莫道如何。钢筋铁骨，丹心壮志，驱鬼慑魔。更报国无悔，流汗亦歌，流泪亦歌，流血亦歌。

2011年2月19日

临江仙·边关秋望

久立峰峦凭石顾，淡烟漫起青苍。羡他仙叟坐溪旁。抓来云一片，牧作满山羊。　　雁叫声中秋万里，人生多少时光。一秋不比雁声长。黄昏虫咬尽，明月鸟栖荒。

2011年2月20日

风入松·边关潜伏

　　乌啼零落不堪听，夜半伏边庭。凉风吹拂钢枪管，刺刀上，一点流萤。蛛网分沾草露，界碑爬上虫声。　　风流年少亦多情，手握大山青。以身焐热边关土，五更时，撤走如星。脚印微芜月色，眼窝深陷黎明。

2011年2月23日

柳梢青·忆山中野训

　　春训山洼，绿荫露宿，旗帜惊鸦。溪水如枝，帐蓬似叶，蘸着烟霞。　　黄昏偶逗青涯，也欣赏，桃葩杏葩。不晓滩边，谁缝小鹿，一袄梅花。

2011年2月25日

清平乐·忆探家

　　归心箭急，知是情难易。相拥老妈同笑泣，忽地摆成宴席。　　酒停俩弟仁兄，相围一盏昏灯。瓜籽嗑香秋夜，虫声喂饱乡情。

2011年2月26日

卜算子·老兵别边关

边境戍三年，山水成朋友。故里曾经盼早归，此日唯难走。　　溪唱别离歌，路绕相思扣。行到峰峦看不清，含泪招招手。

2011年2月26日

浣溪沙·忆新兵训练

基本功夫练未匀，全班匍匐在河滨。一身汗笑一身尘。　　口令惊飞堤外雀，枪栓拉响雨前云。已然醒了小山村。

2011年2月26日

风入松·哨塔观察哨

远峦嫩绿欲裁衣，岗下见旌旗。界河平缓悠然过，野花漫，风色香馋。大地安宁可枕，阳光稠密能披。　　微观世界此中知，翠鸟落青碑。一时碑上啄红字，黄昏前，啼叫登枝。哨塔悬空警觉，钢枪静默忧思。

2011年3月3日

行香子·昙花

数载灵根，数尺风神。霎时来、俏丽惊魂。一方天地，怀里芳芬。更情超柔，心超洁，品超群。　莫言归宿，莫问来因。把尘缘、还与浮云。姣姣风月，淡淡秋春。有几人赏，几人念，几人尊。

2011年10月20日

诉衷情·登山海关

帝王远去剩山青，胜迹任人凭。山海雄关西望，莫障眼，旧长城。　千古事，最关情，是和平。几时人世，剑铸犁铧，犁铸琴筝。

2012年3月30日

卜算子·边境线望祭祖坟

积弱百年前，国土疑无主。任是豪强抢占分，空有边庭戍。　境外望爷坟，早已埋荒树。亦哭山河亦哭人，谁解心中苦？

2012年4月5日

鹧鸪天·雪地巡逻

雪覆冰封熊已藏，山峦野路俱茫茫。易溜鞋底知凉透，难拉枪拴疑冻僵。　　风刮脸，气成霜。唯留火焰炽胸膛。男儿要用沸腾血，提炼心温供太阳。

2012年12月5日

浣溪沙·暂住京城绿杨宾舍（三首）

（一）

古院春深槐影遮，淡烟青瓦落花多。黄昏将椅树边挪。　　浅浅品尝杯底月，弯弯趟过梦中河。遥遥放牧一支歌。

（二）

一缕阳光缀鬓边，将书合上坐林间。沉思泛起数千年。　　缘木求鱼涨水后，守株待兔落花前。我因空想不空谈。

（三）

偶作北漂群里人，绿杨宾舍暂栖身。踏风足迹证前因。　　春色不曾谁用旧，月光已为我更新。鸟声虫语是芳邻。

2012年6月17日

柳梢青·西藏山中

独坐山梁，斜阳在我，杯里徜徉。傍晚谁烧，暮天窖变，云梦金镶。　　雁声洗过秋岗，小溪侧，古寺如荒。鱼磬低沉，一花还愿，众佛芬芳。

2012年12月7日

临江仙·写给一位北漂

醉在京城出租屋，喝干半碗乡愁。月光覆盖鬓边秋。老家来电话，只说是丰收。　　把萨克斯吹哭了，黄昏温婉清幽。明天依旧挤车流。看他花笑语，等我路回头。

2012年12月21日

鹧鸪天·生产班老兵

拿起锄头瞄雉鸡，老兵心事费猜疑。背包绳拉直田埂，蔬菜秧朝右看齐。　　聊坦克，望飞机，见人外训又情迷。可怜每次捎家信，不说营中侍绿畦。

2013年1月17日

浣溪沙·过燕子楼

底事今人笔不谈，红颜魂魄断流谗。知春岛畔雨垂帘。　　幽梦埋花才一寸，孤心锁月竟何堪？空楼日子似无盐。

2013年4月8日

生查子·春游赠妻

四月早春时，泥土生芳草。抓把绿风香，抓把莺声小。　　蹑脚入桃林，伸手枝头俏。不摘蕊和英，摘取花微笑。

2013年4月12日

照红梅·春宿巽寮湾

巽寮湾里下浮槎。沙岸晒春华。暂放脚窝玩耍，偶闻贝壳喧哗。　　半盘鸥语，三杯海浪，一角天涯。岁月安宁无事，坐看清水成花。

2013年6月20日

生查子·武湖畔农家

湖畔种田人，相伴苍茫水。清早送渔船，日午餐鱼美。　　傍晚听渔歌，埂上将身倚。左鬓稻花香，右鬓蛙声起。

2013年7月27日

临江仙·故乡偶忆

那日黄昏蛙息鼓，溪间流水沉沉。晚风吹拂我衣襟。小村农事外，虫拉月光琴。　　岁月忽然遗忘了，一行雁字乡音。花开花落梦成阴。当时春色浅，此即已秋深。

2013年10月5日

临江仙·渡江战役

百万雄师连夜发，席天卷地风生。漫言数载苦经营。千舟江面压，一帜岸边倾。　　四面枪声同爆豆，奈何得我神兵？五更天幕薄如绫。星星弹孔里，流淌出黎明。

2014年3月20日

摊破浣溪沙·核潜艇

宛似长鲸星际来，大洋深处锁形骸。屏息浮沉唯偶现，任徘徊。　　鸽子若持核按钮，久潜哪怕梦生腮。腹储光明何惧暗，待神差。

2014年3月26日

临江仙·江南春暮

千亩菜花黄透骨，炊烟四散乡间。黄昏迟到乐农闲。稻田窗格绿，蛙语一时欢。　　水畔人家温酒早，浑然忘却流年。晚霞烧了半边天。笑他西下日，纵火后旁观。

2014年5月4日

乌夜啼·见雪莲有寄

千佛同山共坐，万缘与草齐肩。雪花覆盖你初恋，一笑睫毛弯。　　我去细询蝴蝶，它唯含笑无言。天堂隔壁若逢得，云里绣鞋边。

2014年6月28日

浣溪沙·再代盲人作

入夜开灯照小楼，光明隐约用心收。太阳背面有双眸。　　走路还凭自家脚，看花回了别人头。竹竿自恨戳春秋。

2014年8月2日

洞仙歌·香山卧佛

前尘因果，大山修成佛。林木袈裟草花叠。面朝天，双袖栖满云烟，心作石，眼里波涵星月。　　慈悲怀下界，舒臂开阶，一任游人踏身越。更爱小生灵，绿耳窝边，虫喧闹、窜鸟飞蝶。展微笑、浅浅溢心香，诵经处、溪流乐音清绝。

2014年9月1日

蝶恋花·秋行香山曹雪芹小道

知乐壕边山脚右。听法高松，听法千年久。山顶僧来云满袖，雨香馆外苔阶陡。　　人道雪芹曾此走。小径悠悠，小径今知否？红叶相思山亦瘦，那天握了深秋手。

2014年11月7日

卜算子·红梅

是掰手村郊，拆得东君令。笛外孤身立雪晴，脸颊红云冻。　　莫说已争先，莫说芳心盛。谢却春风任上香，花落枝如病。

2015年4月12日

浣溪沙·秋吟

远岭霜枫凝紫云，平江漠漠去烟村。晚风吹我独吟身。　　鸟若忆春啼有泪，花因逐梦落无痕。雁行复印月黄昏。

2015年10月8日

风入松·高原战士退伍前日

柳营汉塞远轮台，鸟道只鹰飞。雪封达板征衣冷，最难挨、寂寞徘徊。百里不通村寨，三年未见芳菲。　　明天退役故乡归，崖上望龙堆。手牵落日山岩坐，大杯酒、战友相陪。醉里拥云卧月，轻歌哼睡风雷。

2015年12月19日

浣溪沙·交河故城有感

废址荒芜梦已残，唐时都护去何边？两河空荡旧沙滩。　　城似骆驼亡后骨，洲如柳叶落前烟。千年历史被风旋。

2015年5月27日

浣溪沙·游高昌故城

天地荒凉光似凝，时间停在土夯城。来人一律木车乘。　　商贸去追新马路，蚕丝系向古驼铃。讲经禅室剩风声。

2015年5月27日

贺新郎·观日环食有忆

记少年时候，母亲虽辛勤劳作，洗浆缝绣；麦桔巧编成戒指，闲暇时光妆后，也暗暗、戴纤纤手。待到孩儿皆长大，总还嫌、儿女都不富，真戒指，不曾受。　　前年老母倏然走，远儿心如遭急雨，湿沉胸口。今岁仰观环食日，美似天神指扣。遂又觉、前情能救。必欲向天求此物，待携回、寄送慈颜母。询宿帝，可应否？

2015年5月9日

风入松·陇西望长城寄意

巨龙曾病久沧桑，寂寞伏山岗。千秋烽火狼烟事，酿成了、苦水辛汤。吞尽刀光剑影，刺疼心肺肝肠。　　百年养气欲腾将，万里沐阳光。江山沃土真怀抱，再观汝、昂首青苍。虹吸风云流彩，调分雨露花香。

2015年11月27日

沁园春·高原巡逻

手握钢枪，起身垭口，背伏斜阳。任迷彩军衣，色分荒野；暗红兵脸，融入苍茫。越涧翻山，穿风披雪，边境长长以脚量。鹰飞处、让一心警惕，两眼繁忙。　　雪莲脚印含香。又何惧前途多蚂蟥。想千里边关，有咱驻守；万家灯火，亮了心房。忘却流年，无言艰苦，尽把青春留雪疆。百载后、有英雄若问，也道寻常。

2015年11月29日

浣溪沙·望阳关遗址

断壁残垣罩夕晖，祁连山下旧龙堆。烽台暗淡有余灰。　　台下谁人把羌笛，将风横在嘴边吹。瘦驼两匹正头回。

2015年6月11日

鹧鸪天·骑骆驼过鸣沙山

朔漠扬鞭驱两峰，天边蜃景忽无踪。行藏云海二分月，剩有沙山一尺风。　　翻后岭，向前冲。沙中失路路还通。飞奔驼脚如锤落，敲响万千稊米钟。

2015年12月23日

浣溪沙·晨行青海湖鸟岛

塞上浅秋鱼正肥，马兰滩外晓风微。徐行极目草香陪。　　邀得五湖明月到，通知万里彩云归。一时百鸟尽相随。

2016年1月11日

踏莎行·赠石河子军垦老战士

未脱戎装，先将荒拓。剑戈熔作犁铧铁。掘渠排水造良田，莽原千里歌声彻。　　扶正星空，铲平地褶。背包斜挎天山月。为民开垦朔方春，国旗镰斧何曾歇！

2016年1月17日

生查子·春夜植物园赏梅

夜晚入梅园，林下风牵手。赶在月眠前，择个花眠后。　　是谁先我来，影贴枝头嗅。宿鸟偶惊飞，山左鸣山右。

2016年3月31日

鹧鸪天·赠海娜

日月沉浮沧海中，江湖辗转几飘蓬。八千里外相思子，一万年前上古风。　　牵你我，地球东，共看春绿共秋红。只求此世长相守，宁肯他生不再逢。

2016年9月10日

鹧鸪天·卢沟桥事变

突变风云压岭低，侵华日寇犯京西。石狮眼里燃烽火，国士心中踏铁蹄。　　桥滴血，水含悲，狼烟渐向太行移。全民抗战从兹始，到处围歼膏药旗。

2016年10月3日

鹧鸪天·董存瑞

二十芳龄一个兵，枪林弹雨笑相迎。不思炸药指间爆，只把红心掌上擎。　　山跃起，水翻腾，当时天地滚雷霆。风云传遍英雄事，莫向残碑问永生。

2016年12月1日

南歌子·黄继光

黑暗为枪眼，光明亦紧张。敢迎战火向前方，毕竟士兵背后是家乡。　　一死成高地，千秋说继光。忠诚比铁更坚强，子弹有时硬不过胸膛。

2016年12月19日

南歌子·邱少云

油弹燃烧着，前沿邱少云。胸前如护母亲身，选择始终不动咬牙根。　　阵地安全了，风云换一新。中朝两国勒功勋，那日火光歌唱至今闻。

2016年12月21日

水龙吟·野蛮冲突

开天裁月罗星，造山兼顾江河曲。太阳照耀，风雷激荡，祥云化雨。草木荣阴，鸟虫怡乐，杂花生树。有猿猴站起，炊烟用火，将顽石，磨成斧。　　人类萌春伊始，猎鱼鹰，拒狼防虎。搭巢安梦，夯墙筑垒，能攻能御。驯马呵牛，男耕女织，智成坤主。起纷争，拼比刀枪剑戟，尚还有度。

2017年3月13日

虞美人·看水

早年看水于三峡，欲把沧澜踏。中年看水在钱塘，犹有心潮澎湃接汪洋。　　晚年看水沱沱畔，眼已无波乱。冰融点滴汇成溪，万里江河静静梦中栖。

2017年4月15日

卜算子·大明湖语李清照

昨日我来时，风亦随其后。风化园中蛱蝶花，蛱蝶翩翩走。　　花比爱情新，蝶逊相思旧。羡你先来九百年，挽过春风手。

2017年5月8日

鹧鸪天·香界寺梭椤树

法界根深通汉唐，婆娑满院碧昭彰。千花共造佛光塔，七叶纷呈梵呗香。　　诚度众，肯襄王，漫将丰茂释阴凉。徘徊冠下心如洗，一树当为一庙堂。

2017年5月21日

鹧鸪天·秋宿寒山寺畔

欲逐诗情流水长，姑苏城外宿新凉。翻开禅寺初三月，读到钟声第六章。　　心已息，梦还忙，漫从灯火识秋江。谁人夜半语芦岸，左手一舟停盛唐。

2017年5月21日

鹧鸪天·忆母亲做布鞋

漫把层层旧布粘，裁帮纳底细缝连。真情可用线头系，大爱能从针眼穿。　　温脚上，暖心间，助儿越岭又翻山。麻绳今变长长路，犹在母亲双手牵。

2017年6月2日

浣溪沙·当兵路过的小站台

汽笛声声客去还，当时我也在期间。倏然四十二三年。　　兜里未曾留旧票，眼中早已换新天。火车开不到从前。

2018年5月2日

水调歌头·思故乡

　　本是故乡子，卅载在他乡。乡愁清瘦肥硕，变化总无常。记得蛙声夜话，萤火三更初夏，池畔落花香。两遍母亲唤，一盏豆灯黄。　　梦已杳，人渐老，路偏长。井仍在背，山高水阔正茫茫。也有青峰陪坐，也有溪流伴我，只是怕思量。何日眼前水，忽作黑龙江。

2018年7月10日

生查子·读彭德怀《万言书》

　　他人不敢言，言出君之口。人手不能书，书在君之手。　　一念为苍生，何惧丢官走。功比打江山，功比驱倭寇。

2018年7月26日

眼儿媚·神女峰

　　天生一个女人峰，默默俯尘中。幽长山路，浑圆落日，狭窄江风。　　漫言思念如秋月，弯曲了时空。千年壁立，寸心安稳，两眼葱茏。

2018年9月22日

水调歌头·冬日大兴安岭送复员老兵

　　人去岭空瘦，瘦岭抱长河。河心长满冰雪，封冻一川歌。雪地鞋痕成串，旗角风声零乱，树上挂空窠。几个界碑字，仍被落霞磨。　　熟身影，归故里，入烟波。也当欣慰，骨肉从此聚时多。今夕青峰远去，明日江河重组，回首亦巍峨。且听起床号，吹亮大山窝。

2018年12月24日

千秋岁·西山有感

　　晨风和煦，数鸟蓬蓬语。春薄薄，西山路，足音香且小，微雨林间女。回眸望，雨帘湿了亭亭树。　　刘海如檐处，欲躲风和雨。身轻转，心犹拒，可能春恰好，只是花成旅。应笑我，撩开丝雨看人去。

2019年1月13日

律诗

胸中境界修高远
脚下青山识侧横

象棋遐想

炮打隔山山欲倾，争雄楚汉过江东。
兵车滚滚横田野，帅纛频频指垒城。
直到局残慌将相，方知仕儒误峥嵘。
其中多少风流士，良马卧槽空自鸣。

1994年3月23日

望长白山天文峰

他年我若掌天文，不扣人间半点春。
霾化虹霞堆锦绣，风摇花雪抑浮尘。
园田处处施佳雨，山市朝朝布好云。
岂是私心偏故里，九星独此地球村。

1994年8月5日

阿 丙

一抱胡琴走巷深，长哭明月水中沉。
目盲剩有心识路，世乱已无家可寻。
弦断山河为动色，曲终百姓是知音。
如何背影梦中见，秋叶秋风尚满襟？

1996年11月1日

假日居家

心境清清家里来，何须骑鹤上瑶台。
黄莺进院先登柳，明月临窗直入怀。
室有芳香浑不觉，花无名贵总常开。
闲暇知有亲朋到，已备春风酿玉醅。

1997年3月30日

春日述怀

最忆家乡四月行，群峰蔽日杂阴晴。
梨花邀雪商量白，杨柳贿风先自青。
枕过春山留梦迹，担回溪水有蛙声。
如今欲到翻为客，要向东君道姓名。

1997年4月23日

自　嘲

诗坛笑料乱纷纷，不笑他人笑自身。
识浅不知天是路，心高常把月当门。
焚香试笔虔成癖，守梦待诗痴到魂。
唯有一丝尚可取，醒时犹带醉时真。

1997年8月23日

日

献热由来燃自身，驱冥破雾一金轮。
分将光彩于星月，荐得春风到古今。
暮宿红云织锦帐，朝腾沧海洗征尘。
人间若解秋凉意，日日迎君不祭神。

1998年3月10日

月

冰是肌肤玉是魂，娟娟风采总能真。
拨云光自铺前路，逐日心甘步后尘。
何处最牵游子梦？秦时即伴戍边人。
皎然一片瞻今古，天海沉浮岂足论。

1998年4月29日

风

神龙卷去虎携回，每把林间朽木摧。
琴瑟三番声万里，旌旗一展浪千堆。
喜临大地魂牵雨，怒走长空翼挟雷。
赖有江天无限阔，云舒云卷写心扉。

1998年5月5日

云

海上离家山上行，散如丝絮聚如峰。

温情一路化时雨，明月千江起卧龙。

浴日敢争天下白，为霞不作落泥红。

世人莫道浑无力，曾载春雷第一声。

1998年5月8日

雷

阴阳佳气日相催，石裂天惊终不违。

呼起蛰龙耕日月，劈开混沌现光辉。

以云作翼翻山过，持电为鞭赶雨回。

暑往寒来春复夏，无形甘为有形媒。

1998年7月15日

牡 丹

只为春风绽粉腮，女皇何必紧相催。

枝虽入世横斜出，花未因人喜怒开。

晓艳但分霞彩韵，晚芳犹慕麝兰才。

洛阳一贬名千载，信是香从骨气来。

1998年8月15日

秋日登大顶山

紫塞花飘登九顶，斜阳独步乱云中。
乡情俱染秋深浅，雁语难分味淡浓。
昼读翻残山石页，夜行挑瘦月灯笼。
归时但觉诗囊重，一句新词一座峰。

1999年10月2日

下乡过中秋

不上高山不下川，不游城市不游园。
将秋移到乡间过，把月携回梦里圆。
佳句每从篱畔得，真情常在垄头燃。
兴来欲写桑麻事，撷片菊花铺彩笺。

2000年9月12日

秋日遣怀

两三雁语过云轻，门掩黄昏到古城。
慢遣金风吹发乱，何须铜月熨心平。
梦中化蝶蝶犹梦，灯下读书书亦灯。
莽莽征途明驿路，人生车票只单程！

2000年9月16日

秋日采山

八月兴安野味香，两三结伴上峦冈。
采菇女绕山羊道，摘塔人分松鼠粮。
挂树衣巾飘彩蝶，隔溪笑语响斜阳。
层林深浅秋摇曳，谁遣生机画里藏。

梅花鹿

采芝深谷远尘埃，谨守一腔驰骋怀。
回首峰峦鸣翠霭，俯身溪畔卧青苔。
梅花落背穿林去，药树栽头医世来。
自辟清芬苍莽路，山高荆密亦悠哉。

2001年1月14日

骆 驼

淡云呼起在高陬，未必风尘能哑喉。
放眼碛中寻驿路，昂头天外望神州。
关河已许山为背，沙海何妨蹄作舟。
岂谓征途常寂寞，铃声一步一清悠！

2001年3月18日

黄山旅馆夜起

雨后青山似绝尘，星楼酒醒坐披襟。
枕边书起层峦势，窗外天开半月门。
萤火飞针缝夜幕，鸟声穿树作年轮。
苍茫一路何须问，无限情思在晚春。

2001年5月30日

西安怀古

秦腔唐乐古今闻，霸业风干剩几斤？
渭水枯成黎庶井，烽烟凝作帝王坟。
阿房烧尽星分火，雁塔劫余云抱尘。
欲向城头寻旧事，有人独自夜吹埙。

2001年12月23日

嘉峪关怀古

远望苍苍旧辙痕，驼峰崛起入云深。
丝绸断续东方路，历史徘徊西域门。
关堞尘埃凭燕拂，晚霞火种借萤存。
坐闻羌笛待山月，不觉寒星落满身。

2005年10月26日

读《慈禧》有感

身后荣名犹自摧，兰儿历史信堪哀。
一时退敌是赔款，两度垂帘非补台。
地自裙边分割去，人从袖底弄权来。
戴金佩玉那双手，握着江山尚敛财。

2006年3月6日

夜宿长白山顶

夜深冷露渐侵阶，独步山巅情未回。
饮水方思堆嶂雪，催花欲借弄春雷。
天风浩浩生襟袖，地火熊熊温酒醅。
手握星辰偏不摘，留将指印鉴重来。

2007年4月8日

读《项羽本纪》

起兵终为已，得鹿不酬天。
秦鼎方推倒，楚歌即失眠。
鸿门输一策，垓下恨千年。
自古英雄气，非关力拔山。

2008年2月11日

入山行

(一)

清早入秋壑，黄昏逗岭巅。
行穿风领地，坐借雨空间。
踏露身将湿，扶枫手欲燃。
舀来一勺月，醉饮古潭边。

(二)

弃槎乱石岸，起帐莽松林。
明月抚琴过，绿风推牖临。
江山一握手，天地两知音。
休问来时路，星繁不可寻。

(三)

五色云边住，二分田里耘。
繁星皆旧友，峦嶂亦家人。
烟雨胸中气，江河掌上纹。
春风吹鬓雪，与我最相亲。

2008年5月18日

五国城怀古

噪蛙满地笑因由，天子观天天已丢。

四面江山囚二主，一时人物恨千秋。

宋军不发黄龙戌，明月何倾白玉愁。

五道棋盘犹自娱，能玩井底作公侯。

2011年3月15日

山中晚餐

云间小路拽妻还，桌挨泉声开晚餐。

炒熟群山锅底谷，舀来明月灶边潭。

盘中野菜眼先嚼，杯里林花指未弹。

萤火虫儿背灯盏，不时勾梦向星天。

2011年5月18日

遥观南迦巴瓦峰

削崖峡谷现，崩路马蹄消。

江水连冰下，山云挟雪飘。

峰高疑地顶，星近认天郊。

卧听嘛尼语，利名皆已遥。

2011年8月4日

月夜路遇朝圣者

漏洞穿曦满夜空，星星说法甚难同。
阳光沉睡佛身上，尘土多沾人手中。
大路修行犹叩拜，小家悟道总朦胧。
未知来世真还假，像雾灵魂又像风。

2012年2月18日

西藏雪绒河谷

晚来霞绮麦青黄，簇簇碎花名格桑。
谷底炊烟羊角短，牧歌音调马鞭长。
苍鹰点点风浮动，小路长长僧自量。
日子轮回山水里，一时相望月如荒。

2012年2月28日

壶口看黄河

西出昆仑有巨龙，烟云拱护雾藏踪。
山中养性九回曲，日里吐波千丈红。
脚步那堪半天下，情怀不在一壶中。
悬崖峭壁等闲过，吟啸能期东海逢。

2012年4月9日

迁居娘娘府一号院

五园皆近馥清莲，室可怡情地不偏。
藤下小门圆似月，窗前大道直如弦。
遮风北嶂横金岭，流水南山响玉泉。
疑有爱绳牵我到，亦诗亦梦亦心禅。

2013年6月24日

百望山雨后

千秋佳气在，万象自然融。
九十溪流合，二三云岭通。
五横六纵路，八面四时风。
七色谁涂抹，一弯新彩虹。

2013年10月10日

红色革命组诗（十三首）

一、大革命时期

滚滚雷声驱黑云，一时歌哭满乾坤。
长天漏隙人争补，大地支离魔欲分。
夜暗灯光成叛逆，黎明烛泪演忠贞。
殷殷革命先流血，化作九州花色新。

二、农村包围城市路线

锤子镰刀战恶魔，推翻黑暗效苏俄。
枪杆里面政权出，民众中间领袖歌。
不计城乡先得失，唯将火种广传播。
国情宜走农村路，马列犹能变化多。

三、瑞金突围

三重封锁又何妨，马列填胸作武装。
山岭撞开兵夺路，江河举起将鞭骧。
红旗舞破旧世界，黑夜喊回新曙光。
万里长征从此始，瑞金流出是岩浆。

四、湘江战役

新圩界首脚山间，三战艰危阻敌顽。
书本精装难抵弹，教条生硬尚专权。
马嘶桂岭尸成坝，兵过湘江血泊船。
赖有英雄能力挽，赤龙活走更腾天。

五、遵义会议

痛定深思知路偏，回师遵义马蹄残。
油灯一盏撑孤夜，决议五更震晓天。
复用毛公为舵手，废除外语领航权。
从兹摆正红船向，万险千难只等闲。

六、强渡大渡河

未愁强敌战云深，不畏大河天险临。
昼夜兼程二百四，刹时飞越一千寻。
士兵犹射快如箭，铁索能弹响似琴。
昔日霸才安可比，红军背靠是民心。

七、巧渡金沙江

直逼昆明真意遮，回师江岸蒋方嗟。
云崖水拍七船小，峡谷兵拥万马赊。
陆路严封开水渡，皎平巧夺弃龙街。
敌人追击何收获，捡到多双烂草鞋。

八、四渡赤水

土城激战血殷殷，扭转坤乾或已真。
运动能循新路线，突围不带旧精神。
赤河四用毛公略，历史一讪蒋某人。
小米步枪泥腿子，震惊世界说红军。

九、过雪山草地

敌兵围堵赣湘黔，战马长嘶杀气寒。
沼泽陷人军亦过，山风卷雪岭仍翻。
抱团取暖互激励，分食度饥同破难。
草地是床天是被，夜空北斗作灯观。

十、全民族抗战

咆哮黄河狮吼声，忍观国破血还倾。
勇挥利剑斩蛇断，敢向烽烟提首行。
加固太行为掩体，挪移秦岭摆雄兵。
因缝浴火红旗洞，一片朝阳作补丁。

十一、《大刀进行曲》诞生

万千将士斩倭妖，漫道男儿胆气豪。
血染喜峰因国破，身临战地已山摇。
忍教犁铁铸长剑，逼迫歌声成大刀。
后羿当年曾射日，只缘赤县正燃烧。

十二、冀中地道战地雷战

以弱斗强赎自身，能攻能守冀中村。
洞壕道道由民造，霹雳坛坛为鬼存。
纵是绕开雷震子，绝难防备土行孙。
天罗地网敌寒胆，龟缩碉楼度晓昏！

十三、圣地延安

火浣江山去病疴，当年医国竟如何？
枣园风谱摇篮曲，窑洞灯燃义勇歌。
宝塔迎回春色暖，延河趟过月光多。
一时儿女四方聚，肩扛长城齐咏哦。

2012年6月1日

水立方观感

大海裁成水作墙，鸟巢为伴翠林乡。

露天但见五平面，盛梦能知几立方？

一滴何曾蒸发掉，百年不用涤淘忙。

内中时有人鱼跃，若比龙门亦未妨。

2014年2月18日

参观焦裕禄纪念馆

治沙治碱战风魔，走巷行村带病歌。

铺绿精心培树木，排洪大胆用江河。

未期报国艰难少，总使惠民方法多。

百姓口碑何忍述，一声书记泪滂沱。

2014年4月6日

清明节为焦裕禄扫墓

气撞山河闻有声，栽桐拎雨更深情。

丹心敢向穷开战，病体犹和天抗争。

脚下黄沙带风治，手中绿伞为民撑。

千秋几个清官吏，能以姓名传域名？

2014年4月6日

同桌偶忆

山花一朵记模糊，梦里依稀事每浮。
划线桌间分汉界，描图纸上讽蟾蜍。
偷窥试卷时常有，细看容颜终始无。
偶尔还玩恶作剧，那时快乐傻乎乎。

2014年4月30日

迁居娘娘府，夜梦自己穿越鸟啼声筑的时空隧道

长安一住不思还，家向娘娘府院迁。
赁得空间存梦想，分来雨露润心田。
四时宾客日星月，两个邻居金玉山。
莫问明年居哪里，时空隧道鸟啼间。

2014年5月14日

观九龙壁

沉醉皇家玉帝缘，夜吟日舞彩云旋。
鳞无残雪自心暖，爪有威风人胆寒。
庙里烧橡香火旺，门前供水小池弯。
世间旱涝何曾问，五百年来壁上观。

2014年6月5日

故乡河边忆旧

黑背河边烧野烟，浅深痕迹忆童年。
堤根打草砍伤蝠，河套抓鱼惊跑獾。
捡蛋鸭窝牛蒡后，捉蜓蛛网马兰前。
忽观日落急回转，毛道弯弯一步宽。

2014年8月28日

代盲人作

不晓光明咋弄丢，春天到了眼成秋。
日如雾影茫一片，天比屋檐高半楼。
书里梯攀手指上，世间路在竹竿头。
偶思扑蝶草丛坐，摸到枯花唯泪流。

2014年9月9日

棒槌谷

松塔摇铃任打敲，猴头偶在树桠淘。
灵芝惬意眼前现，红叶多情肩上飘。
噌楞登枝小花鼠，扑咚坠地大核桃。
丰收秋日棒槌谷，应比天堂更富饶。

2014年10月2日

静观万泉河

水面夕辉满，金鳞烟树筛。

源生五指上，集汇万泉来。

绕岭歌声伴，出山风雨陪。

潜龙悄蓄势，忽撞海门开。

2014年10月12日

故乡冬忆（四首）

（一）

梨花一夜没腰脐，万物皆迷人亦迷。

冰盖镩开搅蛙梦，竹笼挂起滚莺啼。

雪原持棒追狍子，草垛抱柴惊野鸡。

驮满童年冬记忆，柳条筐绑狗爬犁。

（二）

长河冰冻雪迷离，大野荒疏百兽饥。

村口时闻狼咬狗，屯中每报鼬偷鸡。

狐狸觅鼠印踪乱，獐鹿避人留迹稀。

最数黑熊多算计，休眠树洞舔肥蹄。

（三）

连日风旗响若鼙，冻云流淌碎成齑。
芦花十里獐狍窜，秕谷半筐麻雀迷。
木栅门前挖雪洞，茅檐顶上跑爬犁。
母亲傍晚悄声语，苞米楼边野兔栖。

（四）

雪野空茫蒿草芰，埂渠阡陌网多潜。
大烟泡起风毛白，黑背河封水骨蓝。
靰鞡霜侵脚趾冻，铁环冰透手皮粘。
却欣素雅窗花俏，每自晨来带日看。

2015年1月3日

【注】

我的故乡在黑龙江密山市的完达山脚下，冬天雪很大。记得有一年大雪，我与小伙伴们在门前挖雪洞，直腰在洞里行走，头上还不露天，要在雪洞顶上开几个"天窗"才能看到光亮。每年到了大雪封山的时候，山上的獐狍就往山下跑，草野里的野鸡就往屯子里跑。有的人空手就能捉住它们。可惜，现在这样的情景都跑到童话世界去了。

观编辑编刊有感

才停拆纸稿，旋即看邮箱。
选美诗词赋，推敲宫羽商。
眼睛眯似线，屁股坐成方。
唯愿读刊者，时闻一卷香。

2015年1月9日

三月再读《雷锋日记》

脚步声虽去，春风语可追。
火车载好事，人口塑丰碑。
蜡烛光非短，螺钉志不微。
平凡诠伟大，滴水见光辉。

2015年3月21日

三月重温孔繁森事迹

问政毡房里，扶贫火炕头。
远思担国事，大爱洒边州。
站立万民伞，躬耕百姓牛。
高原惜失子，白雪泪仍流。

2015年3月21日

植树节想起杨善洲

退后廿年将绿耘，与峰为友与溪邻。

光阴荏苒霜沾鬓，山径往来尘满身。

种树万株心若佛，按云一朵手如春。

乡民指点植林叟，曾是呼风唤雨人。

2015年3月21日

忆儿时放学路上

游逛田间闲猎奇，小河水浅跳鱼低。

绣墩草扯蜻蜓脚，豌豆花穿蝴蝶衣。

歌手百灵云下唱，琴师蟋蟀垄头嬉。

刀螂偷了青蛙绿，躲在包心菜叶栖。

2015年4月9日

嘉峪关小住

披风大漠入深秋，雪落花飞冰断流。

梦向天边云里叠，路从脚下碛中求。

鞭将山岳上驼背，行到长城碰马头。

古堞苍茫羌笛起，晚来篝火煮乡愁。

2015年6月22日

张骞出使西域

寻找月氏求国强，西行万里入烟荒。
逢匈奴处节无失，到困难时志不亡。
任路捆缠囚十载，让风抽打过千岗。
二人两骑终归汉，青史留芳是骨香。

2015年6月7日

赠西北大学地质系实习生

山岩叠叠亦真经，无限风光在地层。
帐外星辰时伴读，林间鸟雀总陪行。
胸怀天下为专业，指点江山是课程。
敲击地球寻宝藏，每从脚印听回声。

2015年6月12日

楼兰怀古

鸟衔烽火去，剩此旧时空。
佛塔根虽在，泥陶形已终。
楼城焚作土，历史烂成风。
纵有隋唐月，相询语不通。

2015年7月14日

咸阳苏武墓沉思

飞雪流云独牧羊，汉家节杖等鞭长。
漠风回响叠胸壑，沙砾凿纹堆脸膛。
地困沧波以湖海，天囚雄杰用时光。
边荒廿载与狼伴，未让忠贞被咬伤。

2015年7月14日

图伦碛

漠草荒芜几处残，獐狍绝迹砾生烟。
胡杨林表阳光响，红柳滩边马队喧。
水窖舀干天上雨，野驼渴死碛中泉。
黄沙挟石连宵滚，风库大门常不关。

2015年7月22日

昆仑山看冰川

横穿牛鞍谷，斜上骆驼峰。
拜谒昆仑雪，推开上古冬。
观冰融作水，看水去追风。
日月齐邀到，杯倾一帐蓬。

2015年8月12日

在半坡想起周口店

前生渔猎亦曾经，记得那时俩地名。
回到人猿揖别处，来闻石器打磨声。
依稀上古黄肤色，绝似当今黑眼睛。
手把彩陶如旧友，分明走过半坡程。

2015年8月22日

昆仑山下小住

天地苍茫雪色清，穹庐垂野两三灯。
由他美玉人争佩，守我莲花梦不醒。
垫脚昆仑山未老，回眸沧海月新生。
乾坤今日无多事，独自西来一牧情。

2015年8月26日

昆仑山上哨兵讲述戍边故事

十八男儿守界来，昆仑哨所近轮台。
瘦驼倒处黄沙漫，大雁归时白雪埋。
用竹笛依偎月夜，将家书托付邮差。
三年未见一株树，退役相逢泪满腮。

2015年10月25日

平凉崆峒山小住

磨杵岩边望马鬃，天梯斜挂客空空。
不争懒上棋盘岭，尚读思燃蜡烛峰。
亘古风挠翠嶂雪，倏然雨洗紫霄宫。
广成子后无名士，五百年前龙化松。

2015年10月23日

青春校园有忆

月亮失眠如有疴，那年那月梦偏多。
爱情函数解三角，思念图形证几何。
直尺愁量二心距，彩铅偷画两睛波。
不知何日风吹过，书页唯余一首歌。

2015年10月28日

宝顶山千手观音偈

已浴嘉陵水，来归宝顶山。
金身能耐寂，石室足欣然。
修满一千手，凿空三万年。
何求香火旺，唯记渡人间。

2015年11月15日

登贺兰山

因爱奇峰叠向天，漫寻小径浅秋前。
方随溪走即逢月，不待云迎已入山。
岩画简单中古事，长城斑驳锦城烟。
一壶老酒怜西夏，王气全消霸主鞭。

2015年11月19日

磻溪有感

饱览群书守钓矶，似癫似醉把竿持。
风中短线莺曾笑，水面直钩鱼岂知。
僻壤已然趋地利，雄才依旧要天时。
讹传成在非熊梦，千载英雄尚自痴。

2015年11月19日

赏月牙泉

未见凡鱼未见龙，一方恬淡自非同。
气通地脉雪山外，情驻天涯漠海中。
池水从来唯对月，岸沙修到不跟风。
几人悟得此间意，守住心泉清始终。

2015年12月11日

赠喀喇昆仑山边防13团战友

廿年戎马戍天涯，地阔山高鹰隼家。
站哨双肩成雪域，巡逻满袖是烟霞。
梦生海拔五千帐，血灌冰凌十万花。
风暴鞭抽筋骨健，纵然缺氧气仍华。

2015年12月21日

过拉卜楞寺

面龙倚凤设高台，漫度世人何必猜。
一尺凡尘沾脚过，千瓢佛语泼头来。
为观泥塑僧门立，看取莲花禅院开。
大夏河清仿佛见，木鱼游走又游回。

2016年1月10日

进城的农民

小楼如墅近芳园，乍富农人亦乍闲。
灶上点燃新火焰，卤前思念旧炊烟。
似闻辘响梦深井，欲向蛩鸣问远田。
最是可怜逢酒友，乡愁坦白未从宽。

2016年1月21日

北京大觉寺白玉兰（二首）

（一）

听禅守梦抱深根，不进空山委路尘。
照壁花开春振色，生阴枝展夏停云。
二分月下小乘法，三百年间大觉身。
在寺何曾便出世，情牵阶上往来人。

（二）

不争世事远凡尘，脱俗真如白玉魂。
满院撑开三月雪，每花托举一杯春。
使人顿悟欲修佛，让佛沉思重做人。
便是繁华都落尽，听钟听鼓也风神。

2016年1月29日

夏夜，卧佛寺边小坐

坐定清宵少市喧，闲观寺外数萤旋。
蛩声陶醉山头月，花影弄香池底天。
夜久云龙吞北斗，梦回铁马系中原。
忽怜菩萨亦无事，左手时光右手传。

2016年3月5日

题京西古道驮马塑像

挥汗驮星月，山重水复重。
毛残力无减，骨瘦气犹雄。
踏碎蹄间铁，磨圆石上风。
如藤千古道，印有几行踪。

2016年5月16日

访潭柘寺

万象随缘恒一参，宝珠峰下拜伽蓝。
清心未碍将香上，俗念何妨入寺芟。
坐壁观尘同大彻，待僧成佛与深谈。
归途可是来途我，架月层峦尽了凡。

2016年7月11日

锄草有感

伴禾杂草不知名，春阳夏雨自青青。
田里相偎应有爱，人间如赴岂无情。
绝非犯错即时铲，终是难容此地生。
锄罢仰天长叹惜，野坪何减垄何增？

2016年8月22日

初秋夜宿妙峰山金顶

苍茫银汉渐分明，脚下群峦退晚青。
草木淡香金顶漫，秋虫幽语佛前倾。
云天为我来时路，星斗是谁熬夜灯？
枕石三更无睡意，自知不惯在高层。

2016年8月30日

想起38年前入伍之初

黄沙漠漠白城子，一个新兵懵懂至。
望月思乡识定规，握枪站哨成常势。
床头柜上写家书，敬礼前边加此致。
远去时光卅八秋，偶然情动犹难已。

2016年9月21日

周恩来

真理寻求出绍兴，长征一路百年程。
每逢危局艰难拆，总为安澜砥砺行。
利在国家方欲得，名归天下敢思争。
长安街上送君日，哭到诗抄举世惊。

2016年10月26日

锡林郭勒草原（三首）

（一）

白毡点翠小河湾，虹脚旁边霁色全。
琴调长长拖马尾，湖波湛湛照驼颜。
草香直向天堂供，花种多从伊甸传。
饮酒黄昏百灵劝，敖包会到月西偏。

（二）

锡林郭勒厚天缘，大地如茵人比仙。
以美养心于蝶上，用风洗手在花间。
彩虹影里牧羊去，碧草香中打马还。
饮尽黄昏大碗酒，夕阳醉倒小河边。

（三）

毡帐如云栖草原，牛羊散落百花间。
才开虹彩展销会，旋办百灵培训班。
酒饮敖包客常醉，诗传史册梦多圆。
琴声系在马头上，古调比河长且弯。

2016年11月19日

王学新《诗海拾趣》出版致贺

诗海泛舟得意过，王郎才调羡江河。
收藏月色原图厚，制作阳光标本多。
锄夏种春皆享受，学新习旧漫吟哦。
花间偶识通灵语，教会石头能唱歌。

2016年12月7日

西山早春

山中闲坐忘尘埃，百丈晴峦绿撞怀。
古道重教花覆草，小溪漫遣石生苔。
云常似去似非去，我自如来如不来。
欲剪浅深林壑美，春光颇费再安排。

2016年12月16日

重游潭柘寺

群山环抱朵云偎，石径足痕留古苔。
知佛曾回庙中住，笑吾又到世间来。
一千载后树重见，四百年前花尚开。
应是天无风雨事，老龙盘卧自悠哉。

2017年3月11日

题安平"人面桃花园"

娇姿崔护两无踪，人面桃花事未封。
忍见沧桑伤久别，难将佳话说从容。
此生已作来生看，每次皆当初次逢。
想起雁丘元好问，斜阳无语对葱茏。

2017年4月23日

北京咏蝉

逐碧入城市，跟风空有图。
欲飞翼太薄，思舞技偏输。
饮露方微醉，登枝便大呼。
高楼林立处，远见已全无。

2017年5月19日

偶 得

尘世凡心漫洗磨，诸天色界化应多。
常思朋友为明月，不把敌人当恶魔。
手臂是桥还是剑，嘴唇能咒亦能歌。
行藏到处伽蓝殿，一树一花皆佛陀。

2017年5月23日

过井陉苍岩山

如藤小径起苍穹，佛蹬仙梯导引通。
桥上堆云未碍路，山头种石已成峰。
星从天半邀诗客，日向岩中储彩虹。
福庆寺边回首望，林花香漫太行风。

2017年7月3日

与高原战士交谈

朴面边尘裹日斜，巡逻打马立天涯。
每凭驼粪证前路，偶见羚蹄印冻沙。
月色寒分冰达坂，风毛白上雪莲花。
高原冷寂亦堪慰，战士雄鹰一处家。

2017年7月31日

登辽宁舰寄意

礁岛争端久，洋流忧虑深。
男儿守疆土，航母载民心。
已把金箍棒，还将定海针。
倚舷风猎猎，极目对天襟。

2017年9月18日

十九大闭幕有感

东方十月聚群贤，巨手再书强国篇。

政绩欣从惠民得，蓝图信是济时传。

中华岂肯行于后，时代已然推向前。

天下英雄思考着，为谁更好用江山。

2017年10月25日

诗友相陪游千山得句（四首）

（一）

清幽齐泰岱，壮阔胜崆峒。

小径挂崖稳，奇峰拔地雄。

佛于云里出，僧在日边逢。

每感造山者，当初用斧工。

（二）

峰收大地秀，壑得白云衷。

仙佛各安所，林花共曳风。

秋邀重九日，诗问五龙宫。

欲挂今宵梦，山间万选松。

（三）

北国深秋季，芙蓉再次逢。

遥观一山寺，小坐半天钟。

峭峰高塔下，曲径旧亭东。

邀来沧海日，共听万松风。

（四）

天远云微白，秋深枦尽红。

观来前有寺，行到上无峰。

面佛若修己，叩山如撞钟。

人间多少事，不再扰心空。

2017年10月30日

香界寺老僧

钟声几粒拾墙根，不管松前鸟啄痕。

得月来陪住禅寺，看花行走出山门。

常因香客观菩萨，偶向凡尘思故人。

满脸深纹佛犹笑，洗心反复用经文。

2017年12月17日

观2018年全军开训动员（二首）

（一）

诸军兵种阵，口号势掀天。

施训成常态，战争防偶然。

风雷筹备好，星月动员全。

不霸仍宗旨，人间须久安。

（二）

科技优能胜，中枢强自雄。

新年传号令，大野鼓东风。

观帅谋帷幄，看兵成虎龙。

和平窗口守，盯死战争虫。

2018年1月5日

黑龙江边防见闻

云来雁去塞生烟，高脚菊生高塔前。

一半虫声来界外，几多家信写天边。

巡逻偶尔撞奔鹿，潜伏也曾逢过年。

夏夜冗长萤火累，星星歇在哨兵肩。

2018年1月10日

谒双清别墅忆毛泽东

谁主沉浮语尚新，反封反帝转乾坤。

已将旗帜同华夏，肯把江山共庶民。

笔下小词融白雪，胸中大略截昆仑。

中南海里步今景，不走前朝旧午门。

2018年1月12日

乌苏镇

边境驱车过此停，高高哨塔识曾经。

大江波浪中分界，小镇男儿半是兵。

脚下舰船流动哨，肩头日月往来灯。

渔歌谁唱乌苏里，常使行人驻足听。

2018年1月20日

行宿千山有感

饮罢轻眠岭上云，星天尘世已单纯。

十年四海二三事，一路千山八九人。

大佛化峰为悟我，杂花拦路欲香君。

可能明日群仙至，古月今宵忽换新。

2018年1月30日

千山大佛

千山佳处隐为峰，曾见水眠鱼化龙。
将日常擎于掌上，让风暂歇在怀中。
人间诸事了无了，禅界众心空未空。
栖袖林花兼鸟语，时随香雨入霓虹。

2018年1月30日

寄居北京六周年答友人

多谢诸君常挂牵，北漂挺好自心安。
六年单位择三个，每日晨风过五环。
微信翻开看朋友，深宵到了想时间。
不曾忘记忙中乐，两手春秋诗一肩。

2018年2月3日

忆露营

拉练黄昏人不还，全连露营野山前。
羊蹄草下拾牛粪，猫耳洞前观马兰。
生火烧酥三块石，煮汤香透一溪烟。
虫鸣睡了鸟鸣醒，星斗低垂陪哨边。

2018年2月7日

回故乡有感

酒后弟兄何处寻，一时独醒入宵深。
扶窗犹忆十人面，枕月难眠万里心。
闻道前天猫洗脸，旋怜昨日狗牵襟。
谁敲夜幕坠星斗，惹起鸡鸣在远岑。

2018年2月13日

读某《年度最佳诗歌》

道是最佳诗百篇，深宵读罢已难眠。
空心几个萝卜爱，废话一吨鹦鹉言。
蚂蚁搬家脚犹痛，蜜蜂吃醋腹常酸。
偶然翻到眼前亮，萤火微微自照颜。

2018年3月2日

六十初度

东奔西走自从容，退役归来笑打工。
脚带家山五色土，身披客路四维风。
寒霜侵鬓燎原白，旧帜藏胸恣意红。
回首春秋六十载，足痕未与别人同。

2018年3月6日

观黄果树瀑布

溪泉长蓄力，冲嶂破藩篱。
珠散飞轻雨，日辉生彩霓。
声传一水远，气压万山低。
险处能无畏，终为天下奇。

2018年4月2日

再回母校坐在书桌上看书

游子归来鬓已霜，小园泥径漫徜徉。
同窗几个成孤旅，故里如今是远方。
每倚书声思母校，又回角落读文章。
操场逢着童年我，说起那时旧月光。

2018年4月4日

商隐墓前有思

先生一去后，世上少无题。
记得那时傻，亦如今日愚。
君为太阳鸟，我是月光鱼。
相慕不相见，千秋共太虚。

2018年4月12日

杜甫故里见窑洞后笔架山（二首）

（一）

丝丝细雨罩村烟，前事几多萦旧园。
广厦但期天下暖，茅庐尚守自家寒。
峰峦读破万千卷，铁砚磨穿五百年。
总为先生搁椽笔，一时笔架用青山。

（二）

苍天造化自加持，耽句终生爱到痴。
蜀相昭君为挚友，秋风春雨是相知。
一条前有古人路，千首后无来者诗。
莫使三山闲不用，要看笔架济今时。

2018年4月12日

敬谒刘禹锡并在墓园酹酒

弃置廿三年，还疑问道还。
书山见仙住，砚水得龙潜。
名未随柯烂，诗欣因树传。
千秋居陋室，别是一重天。

2018年4月13日

谒炎黄二帝塑像

霁开烟树气升平，并列炎黄犹似生。
放眼中原春莽荡，回眸华夏路峥嵘。
长河欲断终不断，古月失明还自明。
应晓今朝天下事，江山鼎重有人擎。

2018年4月13日

炎黄广场抒怀

不传上帝造人讹，唯信炎黄惠我多。
广厦自开新宇宙，摇篮共用古黄河。
能从后羿射邪日，亦伴神农种绿禾。
紧握镰刀斧头手，绝无一个是泥捏。

2017年1月28日

过郏县张良故里

兴汉良谋天下闻，故园郏县亦传神。
拜君穿过一场雨，为我门开四月村。
千古江山春有主，几多人物梦无痕。
可怜欲驻归车急，回首桐花万树新。

2018年4月13日

雨中谒三苏祠见墙上百幅大江东去石刻

谪路回环已不惊，披襟几度对潮生。
胸中境界修高远，脚下青山识侧横。
雄视千秋做自己，绝难两相压诗名。
吾侪撑伞徜徉久，拍岸江声壁上听。

2018年4月13日

传郑州登封嵩山附近是大禹的出生地，遥拜

浪拍中原泽不通，当年治水起豪雄。
挪移善用庶民力，疏导能争日月功。
手把黄河推下海，身依华岳站成峰。
纵无三过家门事，百代犹师禹甸龙。

2018年4月13日

别长城桃林口前夜

两壶老酒风神赠，我与长城别塞西。
喝到堞楼先烂醉，醉成剑戟也如泥。
守关昨日人何在？逐鹿当年事莫提。
正欲倚天歌一曲，恍然月下见山移。

2018年5月2日

望星空

星子繁多有序难，此间行运令魂牵。
南箕地位因何定，北斗神形费我参。
若个飞临黑洞外，几枚流放地球边。
太阳卫士如更换，谁把忠诚第一关？

2018年5月8日

神游开江金山寺

行驻巴南醉亦痴，已然难辨是何期。
深山一寺佛空壁，古木千年龙满枝。
溪水留云归去晚，石狮嫌我到来迟。
倚峰睡了峰推醒，醒后问峰峰不知。

2018年5月22日

想起不长树的那曲草原

秃鹫压弯天葬台，牦牛角触太阳腮。
僧观山雪又重落，佛说原花仍在开。
住我天涯祈树到，问谁寺里等鱼来？
毛毡几个人神共，乱入白云颇费猜。

2018年5月24日

答赠一龙

星月欲拎手，云天已在胸。
闲居一水岸，贪看万山松。
诗就气如虎，书成形若龙。
与君秋饮意，冬日味春风。

2019年1月23日

我在东北贺新春

烟花欢乐北方东，雪霁迎年自不同。
松柏众筹春色绿，灯笼接过夕阳红。
门楹已纳海天福，饺馅犹包子夜钟。
为启河山佳气象，对联户户贴新风。

2019年2月4日

古风

风自月谷涧边生
雪从星岩夹缝落

伏龙泉

　　伏龙泉，伏龙泉，当年沙海一道泉。水打沙流成沟壑，两岸草肥远接天。可怜岁岁草青黄，其间无路觅羊肠。偶有獐狍日出没，鹰来雁去诉荒凉。相传约在乾隆年，有人逃荒到泉边。开荒斩草兼渔牧，渐聚人家十二三。泉眼岭上搭木屋，炊烟袅袅散晨雾①。雾散男人围猎出，中有少年名阿福。

　　阿福青骠背上坐，一箭穿云秋鸿落。夜饮斗酒复长歌，自言敢把黑熊猎。忽有一年风沙狂，刮走屋脊刮倒梁。淙淙泉眼被埋没，众人纷纷又逃荒。唯有阿福不肯走，誓与风魔斗一斗。砍柴板斧当工具，日夜挖泉不停手。西风卷地沙飞扬，阿福断水兼断粮。七天七夜泉眼出，人却累倒沙堆旁。云淡日丽风乍停，泉边闻得鹿儿鸣。饮罢低头不肯去，千遍万遍绕泉行。众人闻讯赶回来，遥见碧泉向天开。齐声高喊呼阿福，旷野沉沉声悲哀。泉水清清荡云影，阿福已然唤不醒。夜半泉边篝火红，众人痛哭泉眼岭。阿福板斧葬黄沙，斧把神奇发嫩芽②。渐渐长成参天树，啸雨吟风笼烟霞③。树茂枝繁护清源，从此泉名斧龙泉④。斧龙泉，伏龙泉，地名人事几变迁？

【注】
　　① 泉眼岭，现为伏龙泉镇的一个村名，村边仍有泉水从地下涌出。
　　② 传说阿福死后，人们把他与那把挖泉用的板斧葬在了一起，斧把神奇般地生根发芽，长成大树。
　　③ 伏龙泉镇东北现仍有一株200多年的老榆树。

④ 阿福死后，人们为纪念他，便把当时的龙泉改名为斧龙泉，也有人叫它福龙泉，但不知何时，人们又叫它伏龙泉了。

西藏雪山行

君不闻、天堂隔壁誉屋脊，喜玛拉雅抵天驿。圣山圣水多圣灵，厚土高天正开辟。君不闻、冈底斯山柱天倾，冈仁波齐有天绳。人神在此常相约，时有真言半空听。亘古高原何雄壮，平地高出五岳上。疑非板块碰撞升，另有客星停西藏。为访群山走苍穹，雪域数次印行踪。倚天欲握尼洋曲，鞭动如羊众冰峰。冰峰雪线雪莲舞，不待高原融冻土。数朵雪莲依白云，似知吾来特邀聚。我邀雪莲共举觞，牵魂惊魄是清芳。信能藉此慧根净，发我心中自性香。自性香，自性香，人比雪莲当自强。登上山腰莫停步，更棒自己在前方。前方红日将我迓，唐古拉山归脚下。触摸长风与流云，摇动朝霞金手帕。忽闻幡响声如雷，一只鹰隼下崔嵬。两翅阳光载不动，翻身滑落天葬台。天葬台，不忍睹，道是尸身在此剖。肉身或可舍秃鹰，灵魂安肯依新主？回首无言雪漫山，恍如隔世见经幡。谁把真言题幡翼，风吹遍遍诵长天。长天底下山不息，好个地球第三极。慢言缺氧攀行难，此时更欲长匍匐。弹襟雪地喜绝尘，山中人神难自分。一抱残霞生篝火，烤到深宵话语温。帐倚危峦天绳索，傀云欲睡梦难托。风自月谷涧边生，雪从星岩夹缝落。

2013年6月28日

高原悯牛

不知雪域事，偶上北高原。下酒干牛肉，涉水牛皮船。牛心卖于市，牛角祭神山。煮奶烧牛粪，宿住牛毛毡。有牛夜不寐，守护帐门前。

2013年6月30日

居香山歌

前年香山不识我，去年我不识香山。今年人山两相识，尤幸身能居此间。坐在山中看花笑，卧在山中听心跳。行在山中山亦行，饮在山中山醉倒。有话人可对山说，山语人能听心悦。城中有楼不能迁，欲迁难与香山别。料得明年山更亲，料得后年山似人。直到他年山人合，难辨是山还是身。

2014年3月25日

草原骑士

骑士飞身上马鞍，两蹬一踹奔向前。左手小径作缰索，右手小河作长鞭。闪电化作马如龙，咴咴斯鸣卷旋风。四蹄云烟带尘土，蹄声若雨砸草丛。骑士本为牧马君，人爱马兮马惜人。人马合一同逐日，观者无不叹鬼神。豺狼闻得骑士来，远窥草中眼生哀。苍鹰望见骑士到，笛音悠扬奏山崖。千秋马背生紫霞，骑士斗蓬披落花。草原处处皆为路，草原深处即梦家。夕阳落山马尚飞，分明千里暮云随。不畏眼前秋野暗，擦亮牧歌照夜归。噫吁嚱！想起成吉思汗猎雕走，想起格萨尔王马背吼。叹哉！千里马常有，伟大骑士不常有！

2015年8月18日

穿行沙漠歌

楼兰古国消失后，天神惆怅喝醉酒。风库大门被打开，囚禁湖中水逃走。君不见罗布泊处本平湖，水从天路俱逃无。至今沙下鱼流泪，千里人人称畏途。君不见那日大风搅荒漠，日月无光旌旗裂。群峰躲避下驼来，一刹驼蹄沙埋没。噫吁嚱！眼前漫漫沙岭横，一岭踏平一岭生。夕阳也似凡尘客，累倒沙丘不肯行。风沙落寞胡笳鸣，天地荒凉到琴声。胡笳吹痛天涯路，路畔何人送驼铃？红尘万丈浑古原，遥见雪峰北祁连。沙碛脚印忒干渴，盼遇传说一碗泉。一碗泉，月牙泉，苦水甜水皆称泉。可怜泉水困沙漠，千古不与江河连。孔雀河边驼伏卧，祁连山上花埋雪。谁赶白云转冬场，一人打马踏沙拎风过。黄沙没膝风没肩，沙浪排到远山前。莫言道路不平坦，应是车轮在此从未圆。更闻达板老风口，怒风每向石头吼。三五行人不敢走，夜里山峰屋顶俱发抖。更有茫茫黑戈壁，犯罪石头流放地。年年不见雁书来，唯有阳光月色未放弃。西北望，几回眸，欲学朝圣俗念丢。一身替泥土受罪，一路向雪山叩头。噫！我自如天看荒漠，我自如海敬沙丘。我期荒漠永久留，至少骆驼有沙洲。红柳沙枣仍寂寞，胡杨金色镀深秋。请君莫怨尘与埃，乾坤激荡风复来。纵观天下风云会，多在丝绸路上次第开。

2016年6月20日

神游火焰山

此地本无冈，此地原清凉。羿射第九日，轰然坠古疆。消磨八万载，火焰尚难亡。纵借天山雪，岂可覆赤芒！羿将九日杀，九日心未绝。冰川纪当年，大地雪冰没。十日绕其行，不息献光热。终教水风生，地球冰壳脱。一自冰壳崩，万物随机生。五洲白变绿，四海水代凌。物类兼人类，各昭其本能。绵延至上古，文明渐渐萌。人生自然里，自然将人倚。互爱能互生，相害亦相死。十日忽乱为，相嬉无守轨。天下炎如焚，十日仍不止。人间苦不堪，天神亦可怜。后羿天上望，决意救人间。手开强弓弩，九日中箭翻。天上剩一日，循轨不敢偏。呜乎！十日俱功臣，当初何风神。何以酿大错，乃至遭杀身？或言时代换，思想未能跟。或言功已就，须隐作星辰。噫吁嘘！九日陨何处，认否当时误？当今此太阳，又何得天护？是否十日中，当然之天主？九日不能言，天地何无语？噫！忽有热风吹我颜，眼前重现火焰山。火焰山，热浪翻，好似赤道非洲炎。火焰山，火焰山，烤焦戈壁起黑烟。火焰山，火焰山，陨日红心燃烧到何年！

2016年6月22日